世《せ》界《かい》一《いち》クラブ

伝《でん》説《せつ》の男《おとこ》と大《おお》勝《しょう》負《ぶ》!?

大《おお》空《ぞら》なつき・作
明《あき》菜《な》・絵

角川つばさ文庫

世《せ》界《かい》一《いち》クラブ
伝《でん》説《せつ》の男《おとこ》と大《おお》勝《しょう》負《ぶ》!?

目《もく》次《じ》

世《せ》界《かい》一《いち》クラブ 人物紹介《じんぶつしょうかい》

世界一《せかいいち》の柔道少女《じゅうどうしょうじょ》

五井《ごい》すみれ

小《しょう》6。運動《うんどう》は何《なん》でも得意《とくい》！
柔道《じゅうどう》の世界大会優勝《せかいたいかいゆうしょう》。だれかれかまわず、投《な》げとばす!?

世界一《せかいいち》の天才少年《てんさいしょうねん》

徳川光一《とくがわこういち》

小学《しょうがく》6年生《ねんせい》。読《よ》んだ本《ほん》はもう何十万冊《なんじゅうまんさつ》。しかし、起《お》きてから3時間《じかん》たつと、眠《ねむ》っちゃう!?

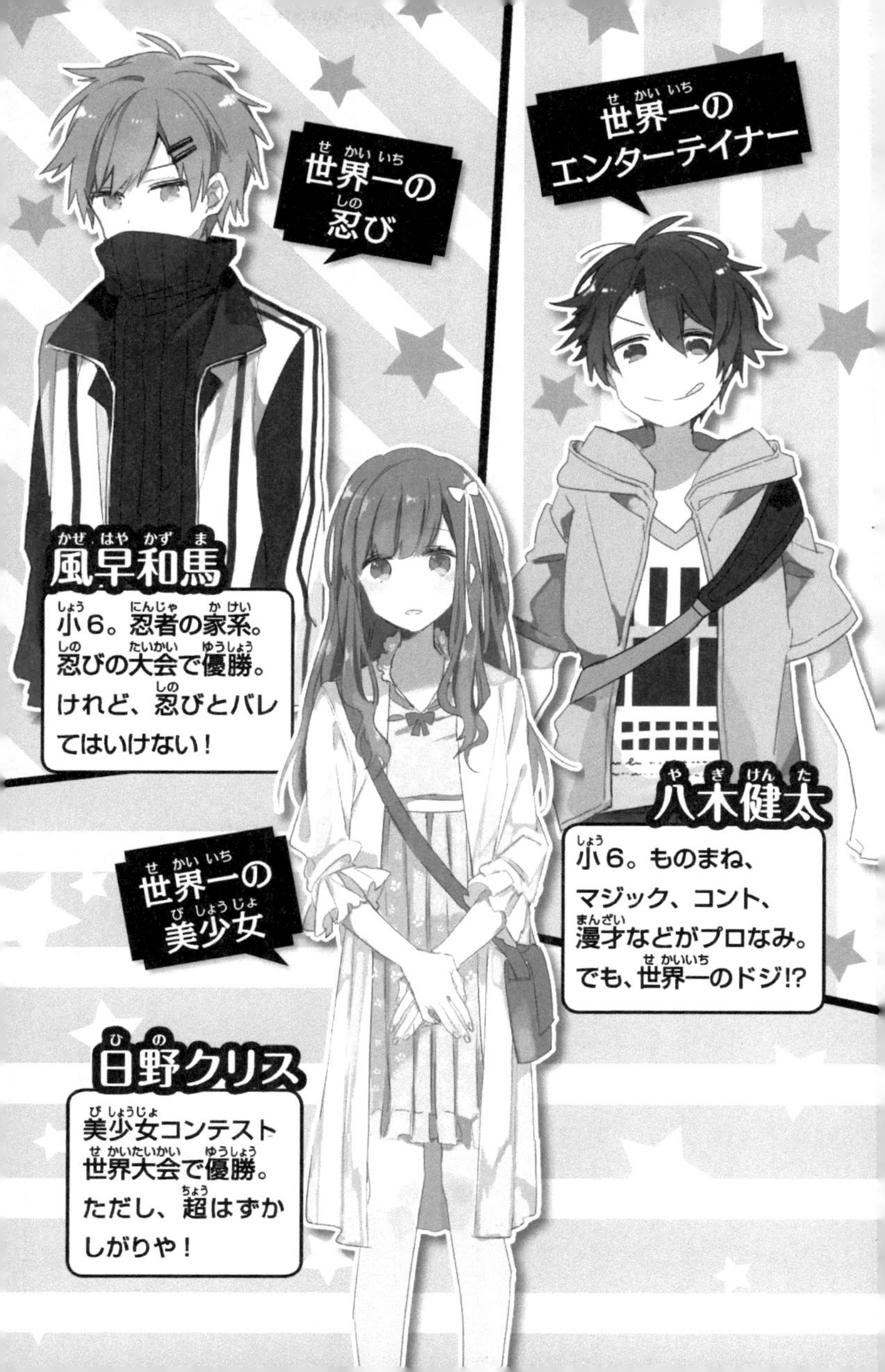

世界一《せかいいち》の忍《しの》び
風早和馬《かざはやかずま》
小《しょう》6。忍者《にんじゃ》の家系《かけい》。
忍《しの》びの大会《たいかい》で優勝《ゆうしょう》。
けれど、忍《しの》びとバレてはいけない！
世界一《せかいいち》のエンターテイナー
八木健太《やぎけんた》
小《しょう》6。ものまね、マジック、コント、漫才《まんざい》などがプロなみ。
でも、世界一《せかいいち》のドジ!?
世界一《せかいいち》の美少女《びしょうじょ》
日野《ひの》クリス
美少女《びしょうじょ》コンテスト世界大会《せかいたいかい》で優勝《ゆうしょう》。
ただし、超《ちょう》はずかしがりや！

★1 事件《じけん》は窓《まど》からやってくる

七、八、九……十冊《さつ》。
これで全部《ぜんぶ》だな。それにしても、ちょっと手《て》がしびれてきた。

ドサッ！

「返却《へんきゃく》、お願《ねが》いします」

はーっと息《いき》をはきながら、徳川光一《とくがわこういち》は、図書館《としょかん》のカウンターに本《ほん》の山《やま》を積《つ》みあげた。

全部《ぜんぶ》、昨日《きのう》の放課後《ほうかご》に借《か》りて、一日《にち》の間《あいだ》に読《よ》みおえた本《ほん》だ。

家《いえ》に持《も》って帰《かえ》って読《よ》んで、もう一度《いちど》学校《がっこう》に持《も》ってきて——。

図書館《としょかん》は便利《べんり》だけど、持《も》ち運《はこ》びがどうしても大変《たいへん》なんだよな。

カウンターに座《すわ》っていた司書《ししょ》の橋本先生《はしもとせんせい》は、光一《こういち》が持《も》ってきた本《ほん》を笑顔《えがお》で受《う》けとった。

「今回《こんかい》の本《ほん》は、どうだった？」

「すごくおもしろかったです。特《とく》に、先生《せんせい》に紹介《しょうかい》してもらった飛行機《ひこうき》の本《ほん》が」

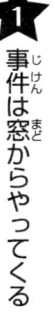

「それはよかったわ」

橋本先生《はしもとせんせい》は、いつもおもしろい本《ほん》をすすめてくれる、やさしい先生《せんせい》だ。

その笑顔《えがお》を見《み》ていると、なんだか少《すこ》し落《お》ちつかなくて、光一《こういち》は、さっと目《め》をそらした。

「おれ、新《あたら》しく借《か》りる本《ほん》を探《さが》してきます」

小走《こばし》りに図書館《としょかん》の中《なか》を進《すす》む。どこにどんな本《ほん》があるかは、もう完璧《かんぺき》に覚《おぼ》えている。

そういえば、最近《さいきん》は化学《かがく》の本《ほん》を読《よ》んでないな。

光一《こういち》は、迷《まよ》わず窓《まど》ぎわにある本棚《ほんだな》に近《ちか》づいた。ずらりと並《なら》んだ背表紙《せびょうし》に、目《め》を走《はし》らせる。

この中《なか》で、読《よ》んだことがない本《ほん》は——。

「徳川《とくがわ》」

名前《なまえ》を呼《よ》ばれて、光一《こういち》は首《くび》だけで振《ふ》りかえる。けれど、すぐ後《うし》ろは壁《かべ》ぎわで、半分《はんぶん》ほど開《あ》いた窓《まど》があるだけだ。

空耳《そらみみ》か？

首《くび》をひねりながら、棚《たな》に向《む》きなおる。けれど、今度《こんど》はもう少《すこ》し大《おお》きな声《こえ》がした。

「徳川《とくがわ》」

落《お》ちついた、低《ひく》めの——もしかして。

顔《かお》を引《ひ》きつらせながら、さっと窓《まど》に駆《か》けよる。

だいぶ見慣《みな》れてきた、黒《くろ》っぽい服《ふく》。長身《ちょうしん》のすらっとした体《からだ》。

「……風早《かぜはや》！」

和馬《かずま》が、数《すう》メートル先《さき》にある木《き》のてっぺんに、当《あ》たり前《まえ》のように立《た》っていた。

三《み》ツ谷《や》小《しょう》の図書館《としょかん》は、二階《かい》にあるのに。

光一《こういち》は、窓《まど》から下《した》をのぞきこむ。はるか足元《あしもと》にある地面《じめん》を見《み》て、がっくりと肩《かた》を落《お》とした。

……木登《きのぼ》りがうまい、ってレベルじゃないだろ。

そう。風早和馬《かぜはやかずま》は、普通《ふつう》じゃない。

世界一《せかいいち》の特技《とくぎ》を持《も》ったメンバーが集《あつ》まる、〈世界一《せかいいち》クラブ〉の一人《ひとり》。

忍《しの》びの大会《たいかい》で毎年優勝《まいとしゆうしょう》している〈世界一《せかいいち》の忍《しの》び小学生《しょうがくせい》〉だ。

でも、それを知《し》っているのは、この学校《がっこう》で世界一《せかいいち》クラブのメンバーだけ。

忍《しの》びは、絶対《ぜったい》に正体《しょうたい》がバレてはいけない。光一《こういち》たちはそれを秘密《ひみつ》にするかわりに、何《なに》かあったときは助《すけ》っ人《と》として、協力《きょうりょく》してもらっている。

「徳川《とくがわ》なら、放課後《ほうかご》になったら真《ま》っ先《さき》に図書館《としょかん》へ行《い》くと思《おも》った」

「それなら図書館《としょかん》の中《なか》で待《ま》てばいいんじゃないか？」

「あまり、人目《ひとめ》につきたくなかった」

だからって、窓《まど》の外《そと》で待《ま》ちぶせする必要《ひつよう》はないだろ。最近《さいきん》、世界一《せかいいち》クラブのメンバーといっしょにいることが多《おお》いから、だんだん感覚《かんかく》がズレてきてないか？

それは、おれもかもしれないけど。

「じつは、話《はな》したいことがある」

ちらちらとあたりを気《き》にしながら、和馬《かずま》がわずかに身《み》を乗《の》りだす。眉間《みけん》にしわを寄《よ》せながら、

じっと光一《こういち》を見《み》つめた。

……なんだ？

「とにかく、そこから降《お》りろって。見《み》られたら大騒《おおさわ》ぎになるぞ。話《はなし》は児童会室《じどうかいしつ》ですればいいし」

「それは……できれば避《さ》けたい」

「なんでだよ。何《なに》か理由《りゆう》でも――」

「徳川《とくがわ》。いるか？」

マズい！

あの声《こえ》は、担任《たんにん》の福永先生《ふくながせんせい》だ。

光一《こういち》は、慌《あわ》ててカーテンに手《て》を伸《の》ばす。外《そと》が見《み》えないようにさっと引《ひ》きよせた瞬間《しゅんかん》、福永先生《ふくながせんせい》が本棚《ほんだな》のかげから顔《かお》を出《だ》して、にかっと笑《わら》った。

「やっぱりここだったか。さっき伝《つた》え忘《わす》れていたんだが……ん？」

福永先生《ふくながせんせい》は、光一《こういち》の後《うし》ろにあるカーテンに目《め》をとめると、不思議《ふしぎ》そうに首《くび》をかしげた。

「ここだけ、カーテンが閉《し》まってるな。こう暗《くら》いと、本《ほん》も選《えら》びにくいだろ」

「あっ、先生《せんせい》！」

福永先生《ふくながせんせい》が、窓《まど》ぎわに近《ちか》づくとカーテンに手《て》をかける。カーテンが一気《いっき》に開《ひら》かれて、窓《まど》からさっと明《あ》かりが射《さ》しこんだ。

「おっ！」

見《み》つかったか⁉

「どうかしたんですか⁉　先生《せんせい》」

「いやあ。図書館《としょかん》からの見晴《みは》らしって、けっこういいんだなあ」

福永先生《ふくながせんせい》は、探《さぐ》るような光一《こういち》の言葉《ことば》に元気《げんき》よく答《こた》える。窓《まど》から外《そと》を眺《なが》めて、感心《かんしん》したようにうなずいた。

なんだ、景色《けしき》のことか。

光一《こういち》は、ほっと内心《ないしん》で胸《むね》を撫《な》でおろす。福永先生《ふくながせんせい》は窓《まど》から光一《こういち》へと向《む》きなおった。

「そうそう、ゴールデンウィーク明《あ》けに避難訓練《ひなんくんれん》があるだろう。そのときに会長《かいちょう》の徳川《とくがわ》から挨拶《あいさつ》してほしいから、考《かんが》えておいてくれ。そういえば、今《いま》、何《なに》か言《い》いかけなかったか？」

「なんでもないです。挨拶《あいさつ》は考《かんが》えておきます」

「頼《たの》んだぞ。それじゃあ、先生《せんせい》は会議《かいぎ》があるから」

福永先生《ふくながせんせい》はそう言《い》いのこして、ぱたぱたと足早《あしばや》に遠《とお》ざかっていく。

光一《こういち》は、あたりに人《ひと》がいないのを確認《かくにん》して、窓《まど》から少《すこ》しだけ顔《かお》を出《だ》す。木《き》の上《うえ》にいた和馬《かずま》は、もういなくなっていた。

地面《じめん》にも、人影《ひとかげ》すらない。さすが、退散《たいさん》も一流《いちりゅう》だ。

でも、こんなところで待《ま》ちぶせって……おれに、何《なん》の話《はなし》があったんだ？

「まあ、本当《ほんとう》に用《よう》があるなら、また来《く》るよな」

光一《こういち》は、ぽつりとひとりごちる。もう一度《いちど》まわりを見《み》まわしてから、しっかりと窓《まど》を閉《し》めた。

★2 夢《ゆめ》のゴールデンウィーク？

図書館《としょかん》に行《い》くと、あっという間《ま》に時間《じかん》が過《す》ぎるな。

光一《こういち》は、新《あたら》しく借《か》りた本《ほん》がつまったバッグを手《て》に、図書館《としょかん》のドアをそっと閉《し》めた。

放課後《ほうかご》になってしばらくたっているから、廊下《ろうか》には昇降口《しょうこうぐち》へ急《いそ》ぐ子《こ》ども数人《すうにん》しかいない。

図書館《としょかん》の前《まえ》にある角《かど》を、右《みぎ》へ曲《ま》がる。だれもいない管理棟《かんりとう》の廊下《ろうか》を進《すす》むと、見《み》えてきたドアの向《む》こうから、大《おお》きな声《こえ》がわんわんと聞《き》こえた。

「それで、クリスの旅行《りょこう》の予定《よてい》はだいじょうぶ？」

「ええっと、今《いま》のところ四泊六日《よんぱくむいか》だから、だいじょうぶだと思《おも》うけど……」

「よよよ、四泊六日《よんぱくむいか》って一泊《いっぱく》なくなってるよ？　もしかして、クリスちゃん一日徹夜《にちてつや》するの？

美容《びよう》と健康《けんこう》によくないって、最近見《さいきんみ》たテレビで言《い》ってたよ!?」

クリスの小《ちい》さな声《こえ》にかぶさるように、健太《けんた》の元気《げんき》な悲鳴《ひめい》が聞《き》こえる。

……廊下《ろうか》まで響《ひび》いてるぞ。

光一《こういち》は、早足《はやあし》で向《む》かうと、勢《いきお》いよく児童会室《じどうかいしつ》のドアを開《あ》けた。

「一泊二日《いっぱくふつか》、の『泊《はく》』はホテルとかの宿泊施設《しゅくはくしせつ》に泊《と》まる日数《にっすう》で、飛行機《ひこうき》とか移動中《いどうちゅう》の乗《の》り物《もの》で寝《ね》るのは、数《かぞ》えないんだ」

そう言《い》った瞬間《しゅんかん》、部屋《へや》の中《なか》にいた三人《にん》が、いっせいに振《ふ》りむく。健太《けんた》が、おどろいたように大《おお》口《ぐち》を開《あ》けた。

「さすが光一《こういち》！　ぼく、知《し》らなかったよ」

「光一《こういち》、遅《おそ》かったじゃん。これで、世界一《せかいいち》クラブ大集合《だいしゅうごう》！　って、和馬《かずま》はいないけど」

雑誌《ざっし》を読《よ》んでいたすみれが、よく通《とお》る声《こえ》で明《あか》るく笑《わら》った。

〈世界一《せかいいち》クラブ〉。

男子《だんし》三人《にん》に女子《じょし》二人《ふたり》。合計《ごうけい》五人《にん》のメンバーは、全員見《ぜんいんみ》た目《め》も性格《せいかく》もバラバラだけど、唯一《ゆいいつ》の共《きょう》通点《つうてん》がある。

それは、世界一《せかいいち》の特技《とくぎ》を持《も》った小学生《しょうがくせい》であること。

世界一《せかいいち》クラブは、最初《さいしょ》の事件《じけん》『脱獄犯立《だつごくはんた》てこもり事件《じけん》』の解決《かいけつ》をきっかけに結成《けっせい》された。

そして、つい先日《せんじつ》も、その事件《じけん》で光一《こういち》たちに疑《うたが》いを持《も》った有名《ゆうめい》ニュースキャスターの浅見《あさみ》に巻《ま》きこまれて、『当《あ》たり屋大量詐欺事件《やたいりょうさぎじけん》』を解決《かいけつ》したばかりだ。

世界一《せかいいち》クラブの秘密《ひみつ》を暴《あば》こうと、三ツ谷小《みつやしょう》に乗《の》りこんできた浅見《あさみ》カオル。光一《こういち》たちは、そのときに起《お》きた事件《じけん》を解決《かいけつ》することで、浅見《あさみ》を撃退《げきたい》し、秘密《ひみつ》を守《まも》ることができた。

その事件《じけん》の中《なか》で、光一《こういち》と健太《けんた》は児童会《じどうかい》の会長《かいちょう》と副会長《ふくかいちょう》になり、結果《けっか》として世界一《せかいいち》クラブは、児《じ》童会室《どうかいしつ》という学校《がっこう》での『秘密基地《ひみつきち》』を手《て》に入《い》れた。

それ以来《いらい》、昼休《ひるやす》みや放課後《ほうかご》になると、なんとなくここに集《あつ》まるようになっている。

光一《こういち》は、バッグを床《ゆか》に置《お》くと、ふーっと息《いき》をついた。

児童会室《じどうかいしつ》が使《つか》えるようになってよかった。図書館《としょかん》のすぐ近《ちか》くにあるから、おれにとってはけっこう便利《べんり》だ。

「それで、いったい何《なん》の話《はなし》をしてたんだ？」

「ゴールデンウィークだよ！」

健太《けんた》が、これ以上《いじょう》ないくらいの笑顔《えがお》でイスから跳《と》びあがる。ぐっと手《て》をにぎりしめたかと思《おも》うと、天井《てんじょう》に向《む》けて両腕《りょううで》を上《あ》げた。

パンッ！

小《ちい》さな音《おと》がして、花《はな》が咲《さ》くみたいに広《ひろ》がったテープがひらひらと落《お》ちてくる。健太《けんた》お得意《とくい》の手《て》品《じな》だ。

光一《こういち》は、落《お》ちてきた金色《きんいろ》のテープを、指先《ゆびさき》でつまみあげた。

……もしかして、ゴールデンウィークにひっかけて、金色《きんいろ》なのか？

ドアの裏側《うらがわ》にかかったカレンダーを見《み》る。

今日《きょう》は木曜日《もくようび》。明後日《あさって》の土曜日《どようび》から、待《ま》ちに待《ま》ったゴールデンウィークだ。

「せっかくのゴールデンウィークだし、みんなは何《なに》をするのかって聞《き》いてたんだよ」

「あたしはもちろん、柔道《じゅうどう》！　前半《ぜんはん》は、練習試合《れんしゅうじあい》であちこち行《い》くでしょ。後半《こうはん》は、ソフトボールとサッカーと陸上《りくじょう》と……あと、水泳《すいえい》の試合《しあい》の助《すけ》っ人《と》！」

すみれが、いちにいと指《ゆび》を折《お》りながら、予定《よてい》を数《かぞ》える。

それ、宿題《しゅくだい》の予定《よてい》もちゃんと入《はい》ってるか……？

世界一《せかいいち》クラブのメンバーの一人《ひとり》、五井《ごい》すみれ。

光一《こういち》の小《ち》さいころからの幼《おさな》なじみで、世界小学生柔道大会《せかいしょうがくせいじゅうどうたいかい》で優勝《ゆうしょう》したこともある、〈世界一《せかいいち》の柔道少女《じゅうどうしょうじょ》〉だ。

小柄《こがら》だからとあなどると、大変《たいへん》なことになる。どんなに大《おお》きな大人《おとな》も、あっという間《ま》に投《な》げとばしてしまうからだ。

しかも、すみれは天才的《てんさいてき》に運動神経《うんどうしんけい》がいい。柔道以外《じゅうどういがい》のスポーツでも、選手顔負《せんしゅかおま》けだ。

「ぼくは、手品《てじな》と落語《らくご》とものまねのステージをやるんだ。お父《とう》さんが店長《てんちょう》をしてるショッピングモールで、やらせてもらう約束《やくそく》をしてるから！」

健太《けんた》は、まき散《ち》らしたテープをかき集《あつ》めると、器用《きよう》に袖《そで》の中《なか》にしまいながら、イスに座《すわ》った。

光一《こういち》の小二《しょう》からの友達《ともだち》、八木健太《やぎけんた》。

人《ひと》を笑《わら》わせることが大好《だいす》きな、〈世界一《せかいいち》のエンターテイナー小学生《しょうがくせい》〉だ。

神《かみ》ワザの声《こえ》まねを筆頭《ひっとう》に、手品《てじな》や一人《ひとり》コントなどなど、あの手《て》この手《て》で爆笑《ばくしょう》を誘《さそ》ってくる。

手品《てじな》のときは、すごく手際《てぎわ》がいいんだけど、いつもは何《なに》もないところでも転《ころ》ぶから、〈世界一《せかいいち》のドジ小学生《しょうがくせい》〉ともささやかれている。

「ショッピングモールの店長《てんちょう》さんって、けっこうえらい人《ひと》……なんじゃない？」

クリスが、円《つぶ》らな瞳《ひとみ》でぱちぱちと瞬《まばた》きをする。すみれは、おかしそうに吹《ふ》きだしながら言《い》った。

「でも、そこは健太《けんた》のお父《とう》さんっていうか。店長《てんちょう》さんなのに、特売《とくばい》のバナナのたたき売《う》りとかしちゃったりするんだよね」

たしかに、健太《けんた》のお父《とう》さんを見《み》てると、健太《けんた》が生《う》まれるのも納得《なっとく》だ。

光一《こういち》は、健太《けんた》の父親《ちちおや》の気《き》さくな顔《かお》を思《おも》いだしながら、心《こころ》の中《なか》でうなずいた。

「二人《ふたり》とも、ゴールデンウィークを満喫《まんきつ》するのはいいけど、ちゃんと宿題《しゅくだい》もしろよ。最終日《さいしゅうび》にうちに飛《と》びこんでくるのは、今年《ことし》はナシだからな」

「えええーっ！　ぼく、光一《こういち》に教《おし》えてもらう気満々《きまんまん》だったんだけど!?」

「別《べつ》にいいじゃん。光一《こういち》はどうせヒマなんでしょ？　予定《よてい》は読書《どくしょ》だけっぽいし」

すみれが、開《ひら》いていた雑誌《ざっし》のかげで、にやっと目《め》だけで笑《わら》う。光一《こういち》は、むっとしながらバッグから適当《てきとう》に本《ほん》を取《と》りだした。

小六《しょう》にして、読《よ》んだ本《ほん》はもう何十万冊《なんじゅうまんさつ》かわからない。だから、光一《こういち》は〈世界一《せかいいち》の天才少年《てんさいしょうねん》〉と呼《よ》ばれている。

クリスは、三《み》つ編《あ》みを揺《ゆ》らしながら、本《ほん》がぎゅうぎゅうにつまった光一《こういち》のバッグを眺《なが》めた。

「徳川《とくがわ》くんって、本当《ほんとう》に読書家《どくしょか》ね。でも、せっかくのお休《やす》みなのに、どこにも行《い》かないの？」

「本当《ほんとう》は、連休《れんきゅう》に合《あ》わせて開催《かいさい》される、博物館《はくぶつかん》や科学館《かがくかん》のイベントに行《い》こうと思《おも》ってたんだ。でも、母《かあ》さんが単身赴任《たんしんふにん》の父《とう》さんの様子《ようす》を見《み》にアメリカに行《い》くことになったから、あんまり遠出《とおで》できなくなって」

「せっかくだから、光一《こういち》も行《い》けばいいのに」

「夏休《なつやす》みにもアメリカへ行《い》く予定《よてい》があるから、今回《こんかい》はパスした。会《あ》いに行《い》っても、アメリカはゴールデンウィークじゃないから、父《とう》さんは休《やす》みじゃないし……どうせ、お菓子《かし》のお土産《みやげ》でも、大《たい》量《りょう》に頼《たの》もうと思《おも》ったんだろ」

「えーっと、バレた？」

すみれが、ごまかすように苦笑《にがわら》いをする。横《よこ》で、クリスが驚《おどろ》いたように目《め》を丸《まる》くした。

「じゃあ、ゴールデンウィークの間《あいだ》、徳川《とくがわ》くんは家《いえ》に一人《ひとり》なの？　料理《りょうり》とか洗濯《せんたく》は……？」

「一人分《ひとりぶん》なら、別《べつ》に問題《もんだい》ない。母《かあ》さんも、食事《しょくじ》は作《つく》りおきをしていってくれるし」

ガスの元栓《もとせん》を閉《し》めたり、戸締《とじ》まりを念入《ねんい》りに確認《かくにん》したりは、ちょっとめんどうだけど。

「光一《こういち》って、料理《りょうり》もけっこううまいんだよ〜。卵焼《たまごや》きとか、肉《にく》じゃがとか！　ぼくだったら、毎《まい》日好《にちす》きなもの食《た》べていいって言《い》われたら、お菓子《かし》ばっかりになりそうだけど」

健太《けんた》は、そう言《い》いながらポケットからアメを取《と》りだすと、ひょいと口《くち》に放《ほう》りこんだ。

光一《こういち》は本《ほん》を開《ひら》きながら、クリスをちらっと盗《ぬす》み見《み》る。

小《しょう》六になって転校《てんこう》してきたばかりの、日野《ひの》クリス。

小学生美少女《しょうがくせいびしょうじょ》コンテストの世界大会《せかいたいかい》で優勝《ゆうしょう》した、〈世界一《せかいいち》の美少女《びしょうじょ》〉だ。

こうして座《すわ》っていると普通《ふつう》に見《み》えるけれど、それはいつもかけている、ピンクの縁眼鏡《ふちめがね》の効果《こうか》。

あれをかけていると、なぜか存在感《そんざいかん》が薄《うす》くなるんだよな。

そういえば、クリスは旅行《りょこう》するみたいだったけど。

「クリスはどこへ行《い》くんだ？」

「わたしは、その……家族《かぞく》でイギリスに行《い》く予定《よてい》なの」

「へえ、すごいな」

たしか、クリスのじいさんはイギリス人《じん》だっけ。イギリスは日本《にほん》から距離《きょり》があるから、四泊六日《よんぱくむいか》になるのも納得《なっとく》だ。

「クリスは、イギリスにいるお兄《にい》ちゃんとおじいちゃんに会《あ》いに行《い》くんだって。クリスのお兄《にい》ちゃんは、イギリスに留学《りゅうがく》してて……ちょっと見《み》てみたいよね！」

「きっと、すっごくカッコイイんだろうなあ～！　背《せ》が高《たか》くって、イケメンでさ！」

「……わたしは、ちょっと苦手《にがて》かも」

盛《も》りあがるすみれと健太《けんた》のかげで、クリスが聞《き》きとれるぎりぎりの声《こえ》でつぶやく。

もしかして、仲《なか》でも悪《わる》いのか？　おれは兄弟《きょうだい》がいないから、あんまりピンとこないけど。

「でも、クリスもゴールデンウィークが終《お》わる前《まえ》には日本《にほん》に帰《かえ》ってくるの。だから！」

すみれが、テーブルにドンと勢《いきお》いよく両手《りょうて》をつく。ぐいっと、光一《こういち》のほうへ身《み》を乗《の》りだした。

「ゴールデンウィークの最終日《さいしゅうび》に、この前《まえ》の事件《じけん》を解決《かいけつ》したお祝《いわ》いとして、打《う》ちあげをやろうよ！」

「打《う》ちあげ？」

本《ほん》を開《ひら》いたまま聞《き》きかえすと、すみれは自慢《じまん》そうに、びしっと天井《てんじょう》に向《む》けて指《ゆび》を突《つ》きたてた。

「あたしたち、もう大《おお》きな事件《じけん》を二つも解決《かいけつ》したんだし。ゴールデンウィークは、みんなで打《う》ちあげするのにぴったりだと思《おも》うんだよね」

「ぼくも賛成《さんせい》！　秘密基地《ひみつきち》もできたし、みんなでお祝《いわ》いしたいよ」

「でも、打《う》ちあげって何《なに》をするつもりなんだ？」

「うーん。みんなでおいしいものを食《た》べに行《い》ったり？」

それは、すみれが食《た》べたいだけなんじゃないのか。

って、マズい。こんなこと言《い》ったら、また、

ぶん投《な》げられる。

「……それなら、商店街《しょうてんがい》に新《あたら》しくできた、アイスクリーム屋《や》さんとかどうかしら？」

「あ！　あそこのチョコミント、おいしそうだよね。あたしも行《い》ってみたかったんだ」

「アイスかあ！　ぼく、今《いま》から何《なん》のアイスにするか迷《まよ》っちゃいそうだよ～。バニラでしょ、チョコでしょ、いちごでしょ、抹茶《まっちゃ》でしょ、カフェオレでしょ……」

すみれとクリスが、目《め》を合《あ》わせてうなずきあう。健太《けんた》も、今《いま》にもよだれをたらしそうに口《くち》を開《あ》けて、うっとりと宙《ちゅう》を見《み》つめていた。

……みんな、けっこう乗《の》り気《き》みたいだな。

たしかに、おれたち五人《にん》はとんでもない事件《じけん》を、立《た》てつづけに二つも解決《かいけつ》した。ちょっとずつだけど連係《れんけい》プレイもできるようになってきたし、打《う》ちあげするのもおもしろいかもしれない。

「わかった。ゴールデンウィークの最終日《さいしゅうび》だな」

「じゃあ、和馬《かずま》には光一《こういち》から連絡《れんらく》しておいてよね」

「なんでおれが!?」

「だって、光一《こういち》は世界一《せかいいち》クラブのリーダーなんだし」

「そういえば、和馬《かずま》くん来《こ》ないね」

アイスのことを考《かんが》えてうっとりしていた健太《けんた》が、閉《し》まったままのドアをじっと見《み》つめた。

そういえば、話《はなし》があるって言《い》ってたけど、ここにはやっぱり来《こ》ないのか？

「風早《かざはや》とは、さっき図書館《としょかん》で会《あ》ったから、まだ学校《がっこう》には残《のこ》ってると思《おも》うんだけど」

「和馬《かずま》って、来《き》たり来《こ》なかったりするから、よくわかんないよね。廊下《ろうか》で話《はな》しかけても、あいかわらず反応薄《はんのううす》いし――って、もうこんな時間《じかん》！」

壁《かべ》にかかった時計《とけい》を見《み》て、すみれは広《ひろ》げていた雑誌《ざっし》をばたばたとリュックにつめこんだ。

「今日《きょう》は、お父《とう》さんとつきっきりで組手《くみて》の練習《れんしゅう》するんだった！　先《さき》に帰《かえ》るね」

「わたしも、今日《きょう》は雑誌《ざっし》のインタビューと、習《なら》いごとのピアノがあるから……」

「ぼくも、ゴールデンウィークのステージに向《む》けて、秘密《ひみつ》の特訓《とっくん》があるから！」

クリスも健太《けんた》も、急《いそ》いで荷物《にもつ》をまとめると、ぞろぞろと並《なら》んで部屋《へや》を出《で》ていく。

「ちょっと待《ま》てって、すみれ――」

「光一《こういち》は、今日《きょう》も明日《あした》も習《なら》いごとないんでしょ？　じゃあ、和馬《かずま》のことはよろしく！」

すみれの言葉《ことば》を最後《さいご》に、バタンとドアが閉《し》まると、児童会室《じどうかいしつ》はしんと静《しず》まりかえる。

光一《こういち》は、本《ほん》を開《ひら》いたまま、がくっと肩《かた》を落《お》とした。

なんだか、けっこう大変《たいへん》なことを押《お》しつけられた気《き》がする。

でも、これで静《しず》かに本《ほん》が読《よ》めそうだな。

光一《こういち》は、そっと本《ほん》を持《も》ちなおす。

今日《きょう》の本《ほん》は『鬼《おに》ごっこの歴史《れきし》』。このページ数《すう》なら、すぐに読《よ》みおわりそうだ。

ページをめくろうとしたついでに、つい癖《くせ》で腕時計《うでどけい》をのぞく。いつの間《ま》にか、例《れい》のタイムリミットになっていた。

自分《じぶん》ではどうしようもないくらい、まぶたが重《おも》く下《さ》がってくる。

三時間《じかん》に一度《ど》、強制的《きょうせいてき》に眠《ねむ》ってしまう――それが、おれの体質《たいしつ》だ。

光一《こういち》はしかたなく、本《ほん》を脇《わき》によけると机《つくえ》につっぷした。

それにしても、なんだかんだで、けっこうみんな忙《いそが》しいんだな。

「……じつは、おれが一番《いちばん》ヒマなのか」

体《からだ》から、すっかり力《ちから》が抜《ぬ》ける。あとは、いつもみたいに寝《ね》るだけだ。

カラカラ……

何《なん》だ、今《いま》の……ドアが開《あ》いた音《おと》？

起《お》きあがって確認《かくにん》したくても、もう頭《あたま》がぜんぜん上《あ》がらない。

だれかが、部屋《へや》に入《はい》ってくる気配《けはい》がする。カサカサと、耳元《みみもと》で紙《かみ》がこすれる音《おと》がした。

だめだ。もう眠《ねむ》い。

でも……気配《けはい》はあったのに、足音《あしおと》はしなかったな。

大《おお》きな学校行事《がっこうぎょうじ》がない時期《じき》に、児童会室《じどうかいしつ》に来《く》る人《ひと》なんて限《かぎ》られてる。

――もしかして。


「風早《かぜはや》!?」

「きゃっ!」

ガタン!

光一《こういち》がイスから飛《と》びおきた瞬間《しゅんかん》、すぐ横《よこ》でか細《ぼそ》い悲鳴《ひめい》が上《あ》がる。机《つくえ》に手《て》をついたまま見《み》ると、
クリスがバッグを抱《かか》えて、小《ちい》さくなっていた。

「……クリスか」

「そ、その、忘《わす》れ物《もの》をしちゃって……ごめんなさい。起《お》こすつもりはなかったんだけど」

「いや、おれも驚《おどろ》かせてごめん。もしかして、風早《かぜはや》かと思《おも》ったんだ」

時計《とけい》を見《み》ると、眠《ねむ》りはじめてから、もう五分《ふん》が経過《けいか》している。

うとうとしただけのつもりだったけど、ばっちり寝《ね》てたのか。

……ちょっと恥《は》ずかしいな。

カサッ
「徳川《とくがわ》くん、今《いま》なにか落《お》ちたけど……」

「え？」

クリスが、テーブルの脇《わき》にかがんで、床《ゆか》から紙《かみ》を拾《ひろ》いあげる。首《くび》をかしげながら、光一《こういち》に向《む》かって差《さ》しだした。

四角《しかく》く折《お》り畳《たた》まれた、ノートの切《き》れ端《はし》。

もしかして、手紙《てがみ》か？

光一《こういち》は、少《すこ》しだけ緊張《きんちょう》しながら、紙《かみ》きれをゆっくりと開《あ》ける。すぐに、習字《しゅうじ》みたいに止《と》めやはらいのはっきりした文字《もじ》が見《み》えた。


しばらく、児童会室《じどうかいしつ》には来《こ》られない。

できるだけ話《はな》しかけるのもやめてくれ。

和馬《かずま》

「……徳川《とくがわ》くん、これって……」

横《よこ》から手紙《てがみ》をのぞきこんだクリスが、息《いき》をのむ。

やっぱり、さっきのは風早《かぜはや》だったのか。でも、なんで突然《とつぜん》こんなことを？

頭《あたま》の中《なか》で疑問《ぎもん》がぐるぐるとうずまく。光一《こういち》は、和馬《かずま》からの手紙《てがみ》を強《つよ》くにぎった。

★3 授業時間《じゅぎょうじかん》は大《おお》さわぎ！

しばらく来《こ》られないって、どういうことなんだ？

次《つぎ》の日《ひ》の二時限目《じげんめ》。光一《こういち》は授業《じゅぎょう》を聞《き》くふりをしながら、えんぴつの後《うし》ろで、とんとんとノートを叩《たた》いた。窓側《まどがわ》の一番後《ばんうし》ろの席《せき》は、考《かんが》えごとにはもってこいだ。

福永先生《ふくながせんせい》が、教科書《きょうかしょ》を読《よ》みながら、黒板《こくばん》に説明《せつめい》を書《か》きたしていく。

隣《となり》の席《せき》のクリスは、真剣《しんけん》に黒板《こくばん》を見《み》つめている。右《みぎ》なめ前《まえ》の健太《けんた》は、新《あたら》しい手品《てじな》のアイディアなのか、一生懸命《いっしょうけんめい》、ノートに落書《らくが》きをしていた。

前《まえ》の席《せき》のすみれは、むにゃむにゃと言《い》いながら、広《ひろ》げた教科書《きょうかしょ》に顔《かお》から沈没《ちんぼつ》して眠《ねむ》っている。

これは、起《お》こしてもまた眠《ねむ》りそうだよな……。

光一《こういち》は、昨日《きのう》もらった和馬《かずま》の置《お》き手紙《てがみ》を引《ひ》き出《だ》しから取《と》りだすと、ノートの上《うえ》に広《ひろ》げた。

早《はや》くしないと、ゴールデンウィークに入《はい》って、学校《がっこう》が休《やす》みになる。

でも、できるだけ話《はな》しかけるなって――どうする？

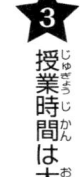

こんなことなら、風早《かぜはや》の連絡先《れんらくさき》を聞《き》いておけばよかったな。電話《でんわ》とかメールとか。

そういえば、忍《しの》びってメールするのか？

「こら、そこ！」

突然《とつぜん》、大《おお》きな声《こえ》がして、光一《こういち》は肩《かた》をびくっとすくめる。和馬《かずま》からの手紙《てがみ》をすばやく教科書《きょうかしょ》の間《あいだ》にはさむと、いそいで顔《かお》を上《あ》げた。

教科書《きょうかしょ》を持《も》ったまま、福永先生《ふくながせんせい》がこっちに向《む》かってずんずんと歩《ある》いてきている。

げっ、ちゃんと授業《じゅぎょう》を聞《き》いてなかったのがバレたのか？

福永先生《ふくながせんせい》は教室《きょうしつ》の後《うし》ろまで来《く》ると、ぴたりと足《あし》を止《と》めた。

「五井《ごい》、起《お》きなさい！　さっきから、もう四ページも進《すす》んでるぞ」

なんだ、すみれのことか。

心《こころ》の中《なか》で、ほっと胸《むね》をなでおろす。福永先生《ふくながせんせい》に声《こえ》をかけられたすみれは、うーんと言《い》いながら起《お》きあがると、大《おお》きくあくびをした。

「はあ～。練習試合《れんしゅうじあい》が近《ちか》いから、今日《きょう》はいつもより朝練《あされん》をはりきっちゃって……」

「授業《じゅぎょう》は授業《じゅぎょう》だ。ちゃんと聞《き》かないとだめだぞ」

「はーい。すみません……」

「それじゃあ、三十二ページの七行目《ぎょうめ》から、読《よ》んでみなさい」

「えーっと、『日本《にほん》の各地《かくち》には、古墳《こふん》といわれる大《おお》きな遺跡《いせき》が残《のこ》っています。古墳《こふん》からは、さまざまな形《かたち》の土器《どき》や、はにわが出土《しゅつど》しており』……って、先生《せんせい》、はにわってなんですか？」

「五井《ごい》、それは前《まえ》の時間《じかん》の社会《しゃかい》の教科書《きょうかしょ》だぞ……」

「あっ、ホントだ。国語《こくご》になってる!?」

すみれの言葉《ことば》に、クラスがどっと笑《わら》いに包《つつ》まれる。福永先生《ふくながせんせい》は、困《こま》ったように眉尻《まゆじり》を下《さ》げた。

「とにかく、国語《こくご》の教科書《きょうかしょ》を出《だ》しなさい。それじゃあ……日野《ひの》、五井《ごい》の代《か》わりに、さっき言《い》ったところから読《よ》んでくれるか？」

「えっ！　ええっと……」

突然当《とつぜんあ》てられたクリスが、ぎぎぎ、と小《ちい》さくイスの音《おと》をさせて立《た》ちあがる。けれど、震《ふる》えた手《て》から教科書《きょうかしょ》がばさりと床《ゆか》に落《お》ちた。

「クリス、だいじょうぶか？」

「う、うん……ええっと、三十二ページの七行目《ぎょうめ》……七行目《ぎょうめ》……」

光一《こういち》が教科書《きょうかしょ》を拾《ひろ》って手《て》わたすと、クリスは真《ま》っ白《しろ》な顔《かお》でなんとかうなずく。

ちっとも、だいじょうぶじゃなさそうだ。

その様子《ようす》を見《み》ていた健太《けんた》が、クリスの前《まえ》の席《せき》で、ぴょんと元気《げんき》よく手《て》を挙《あ》げた。

「福永先生《ふくながせんせい》！　クリスちゃんは教科書《きょうかしょ》を落《お》としちゃったし、ぼくが代《か》わりに読《よ》んでもいいですか？　ぼく、家《いえ》ですっごく練習《れんしゅう》してきたんです！」

「すっごくか？」

「はい！」

福永先生《ふくながせんせい》は、慌《あわ》てながら教科書《きょうかしょ》を開《ひら》くクリスと、自信満々《じしんまんまん》の健太《けんた》を見《み》くらべる。はーっと肩《かた》を落《お》として、うなずいた。

「それじゃあ、八木《やぎ》、読《よ》んでみなさい」

「ふっふっふー」

健太《けんた》が、満面《まんめん》の笑《え》みで、その場《ば》にすくっと立《た》ちあがる。クラスのみんなが、期待《きたい》でごくりと息《いき》をのんだのがわかった。

健太《けんた》が、普通《ふつう》に教科書《きょうかしょ》を読《よ》むわけないもんな。

光一《こういち》は、パラパラと手早《てばや》く教科書《きょうかしょ》をめくった。

たしか、今《いま》やってるのは、ある少年《しょうねん》の冒険小説《ぼうけんしょうせつ》だったと思《おも》うけど……。

教室《きょうしつ》が、しんと静《しず》まりかえる。その静《しず》けさを破《やぶ》るように、健太《けんた》が、いきなり声《こえ》を張《は》りあげた。

『あるところに、光一《こういち》という男《おとこ》の子《こ》が住《す》んでいました。光一《こういち》は、探検《たんけん》に出《で》た無人島《むじんとう》の奥深《おくふか》くで、道《みち》に迷《まよ》ってしまいました』

「ちょっと待《ま》て。健太《けんた》、なんで主人公《しゅじんこう》がおれになってるんだ！」

「だって身近《みぢか》な人《ひと》が主人公《しゅじんこう》のほうが、もっと楽《たの》しくなるでしょ？　それに、この主人公《しゅじんこう》の男《おとこ》の子《こ》って、かしこくて勇気《ゆうき》もあるから、光一《こういち》にぴったりだなあと思《おも》って」

ほめても、それは理由《りゆう》にならないぞ!?

健太《けんた》は、にこにことしながら教科書《きょうかしょ》に視線《しせん》を戻《もど》した。

『光一《こういち》が森《もり》の中《なか》を歩《ある》いていると、草《くさ》の茂《しげ》みからガサガサと物音《ものおと》がします。警戒《けいかい》しながら近《ちか》づくと、突然《とつぜん》、動物《どうぶつ》が飛《と》びだしてきました』

グルッ、ガァオオオオォウ

この鳴《な》き声《ごえ》、ライオン!?

突然《とつぜん》、教室中《きょうしつじゅう》に獰猛《どうもう》な鳴《な》き声《ごえ》が響《ひび》いて、みんながびくっと半分腰《はんぶんこし》を浮《う》かせる。隣《となり》に立《た》っていた福永先生《ふくながせんせい》も、思《おも》わず飛《と》びあがった。

もちろん、正体《しょうたい》は健太《けんた》だ。

『ライオンだけかと思《おも》いきや、他《ほか》にもたくさんの動物《どうぶつ》が！　なんと、みんな光一《こういち》を助《たす》けるために駆《か》けつけてきたのです！』

ホウ、ホウホウ　ウキッキキ！　ニャーン

えっと、フクロウにサルに、猫《ねこ》？　さすがに無人島《むじんとう》に猫《ねこ》はいないんじゃないか……!?

「ええっと、こんな話《はなし》だったかしら……」

クリスが、一人数役《ひとりすうやく》を忙《いそが》しそうにこなす健太《けんた》と、開《ひら》きなおした教科書《きょうかしょ》の文章《ぶんしょう》を見《み》くらべる。落《お》ちつきを取《と》りもどした福永先生《ふくながせんせい》が、おそるおそる健太《けんた》に声《こえ》をかけた。

「ええとな、八木《やぎ》」

ウウッ、アオォーン

「八木《やぎ》。その、朗読《ろうどく》っていうのは」

パオォオン

「八木《やぎ》〜〜〜！」

校舎中《こうしゃじゅう》に響《ひび》きそうなくらい大《おお》きな福永先生《ふくながせんせい》の声《こえ》が、やっと健太《けんた》の声《こえ》をかき消《け》す。

健太《けんた》は、はっと福永先生《ふくながせんせい》を振《ふ》りかえって、何《なに》かに気《き》づいたように大口《おおぐち》を開《あ》けた。

「あっ！　もしかして、福永先生《ふくながせんせい》も主人公《しゅじんこう》になりたかったんですか!?」

もう我慢《がまん》の限界《げんかい》だ。

「あはは、おっかしい！」

すみれが爆笑《ばくしょう》したのをきっかけに、ためにためていたみんなの笑《わら》い声《ごえ》が、どっと教室《きょうしつ》にあふれた。クリスも、目尻《めじり》に涙《なみだ》を浮《う》かべてくすくすと笑《わら》っている。

キーンコーン、カーンコーン
「あ、チャイムだ。はあ、せっかくいいところだったのになあ」

健太《けんた》が残念《ざんねん》そうにしょんぼりする。対照的《たいしょうてき》に福永先生《ふくながせんせい》は、ほっとしたようにため息《いき》をついた。

「それじゃあ、次《つぎ》の授業《じゅぎょう》は中休《なかやす》みの後《あと》だ。理科《りか》の教科書《きょうかしょ》を準備《じゅんび》しておくんだぞ……」

福永先生《ふくながせんせい》が、ふらふらと教室《きょうしつ》を出《で》ていく。光一《こういち》は、はっと自分《じぶん》の腕時計《うでどけい》を見《み》おろした。

この次《つぎ》の休《やす》み時間《じかん》に一度《いちど》眠《ねむ》らないと、授業中《じゅぎょうちゅう》に居眠《いねむ》りしてしまう。

できるだけ話《はな》しかけるなとは書《か》いてあったけど、今《いま》のうちに風早《かぜはや》に連絡《れんらく》しておかないと。

健太《けんた》は、クラスのみんなにせがまれて、まださっきの朗読《ろうどく》を熱演《ねつえん》している。すみれもクリスも、続《つづ》きに興味津々《きょうみしんしん》だ。

一人《ひとり》で、声《こえ》をかけてみるか。

光一《こういち》は、さっと廊下《ろうか》へ駆《か》けだす。隣《となり》の教室《きょうしつ》から出《で》てきた先生《せんせい》とすれちがうように、中《なか》に入《はい》った。

たしか風早《かぜはや》の席《せき》は、右《みぎ》から二列目《れつめ》の一番後《いちばんうし》ろ――いた。

黒《くろ》っぽい服装《ふくそう》の、長身《ちょうしん》の男子《だんし》。和馬《かずま》が、次《つぎ》の時間《じかん》の教科書《きょうかしょ》を引《ひ》き出《だ》しから取《と》りだしていた。

「かぜは――」

ガタッ
光一《こういち》が最後《さいご》まで名前《なまえ》を言《い》いおわる前《まえ》に、イスが動《うご》く音《おと》がする。

気《き》がつくと、和馬《かずま》がさっと目《め》の前《まえ》に飛《と》びだしてきた。

「!?」

たった今《いま》、自分《じぶん》の席《せき》に座《すわ》ってたよな!?

あまりに速《はや》すぎて、クラスのみんなはだれも気《き》づいていない。

和馬《かずま》は、光一《こういち》の腕《うで》をつかんで廊下《ろうか》を歩《ある》きだす。つきあたりのドアを開《あ》けて、非常階段《ひじょうかいだん》に出《で》た。

今日《きょう》はいい天気《てんき》だから、空《そら》からぽかぽかと陽《ひ》の光《ひかり》が降《ふ》りそそいでいる。非常階段《ひじょうかいだん》に出《で》る人《ひと》なんてほとんどいないから、あたりには物音《ものおと》一つしない。

和馬《かずま》は、光一《こういち》の腕《うで》を放《はな》すと、落《お》ちつきなくきょろきょろと周囲《しゅうい》を見《み》まわした。

やっぱり、様子《ようす》が変《へん》だな。

「……オレは、手紙《てがみ》に『できるだけ話《はな》しかけるな』と書《か》いたはずだ」

和馬《かずま》が、まだあたりの様子《ようす》を気《き》にしながら、ムスッとして言《い》う。光一《こういち》は、つられるように眉《まゆ》をひそめた。

「用事《ようじ》があったんだから、しょうがないだろ」

「何《なん》の用《よう》なんだ」

「すみれが、ゴールデンウィークの最終日《さいしゅうび》に、世界一《せかいいち》クラブで打《う》ちあげをしようって。商店街《しょうてんがい》の入《い》り口《ぐち》に新《あたら》しくアイス屋《や》ができたから、あそこで――」

用件《ようけん》を説明《せつめい》しながら、じっと和馬《かずま》の顔《かお》を見《み》つめる。だんだんと、眉間《みけん》のしわが深《ふか》くなっていくのがはっきりとわかった。

「もちろん、用事《ようじ》があるなら無理《むり》にとは言《い》わないけど。風早《かざはや》は、その日《ひ》は空《あ》いてるか？」

「空《あ》いてはいるが……」

ガチャッ
和馬《かずま》の言葉《ことば》にかぶさるように、非常階段《ひじょうかいだん》のドアが開《あ》く音《おと》がする。

だれか来《き》たのか。めずらし――。

ふわっ

ぐいっとジャケットのえりを引《ひ》っぱられたと思《おも》った瞬間《しゅんかん》、体《からだ》が宙《ちゅう》に浮《う》いていた。足元《あしもと》に目《め》を向《む》けると、非常階段《ひじょうかいだん》の床《ゆか》が遠《とお》くに見《み》える。

「は!?」

もしかして、風早《かざはや》が後《うし》ろから、引《ひ》っぱりあげてるのか!?

瞬《まばた》きをしている間《あいだ》に、体《からだ》はさらに高《たか》く飛《と》びあがる。気《き》がつくと、光一《こういち》は和馬《かずま》といっしょに屋根《やね》の上《うえ》に着地《ちゃくち》していた。

「どうしたんだよ、かぜは」

「静《しず》かに」

文句《もんく》をつけようとした瞬間《しゅんかん》、上《うえ》からしゃがむように頭《あたま》を押《お》さえられる。

やっぱり、今日《きょう》の風早《かざはや》は変《へん》だ。いつも以上《いじょう》に。

真剣《しんけん》な顔《かお》で言《い》われて、光一《こういち》はしょうがなく黙《だま》りこむ。

そっと下《した》をのぞきこむと、他《ほか》の学年《がくねん》の男子《だんし》三人《にん》が、わいわいと階段《かいだん》を下《くだ》っていくのが見《み》えた。

話《はな》し声《ごえ》が遠《とお》ざかってすっかり小《ちい》さくなると、和馬《かずま》がゆっくりと立《た》ちあがる。もう一度《いちど》、周囲《しゅうい》を見《み》まわして、屋根《やね》から非常階段《ひじょうかいだん》にひらりと飛《と》びおりた。

そのまま、非常階段《ひじょうかいだん》を出《で》ようとドアに手《て》をかける。光一《こういち》は、慌《あわ》てて声《こえ》を張《は》りあげた。

「風早《かぜはや》！　まだ話《はなし》は」

「最終日《さいしゅうび》の打《う》ちあげには……行《い》けない。用《よう》がある」

……さっきは、空《あ》いてるって言《い》ったよな。

そんなに来《き》たくないってことか？　まあ、風早《かぜはや》はいちおう助《すけ》っ人《と》だし、強制《きょうせい》する気《き》はないけど。

「……わかった。みんなにはそう言《い》っとく」

「それと……話《はな》しかけるのは、これっきりにしてくれ」

「これっきり、って」

「それだけだ」

光一《こういち》が聞《き》きかえす前《まえ》に、和馬《かずま》はさっと出入《でい》り口《ぐち》を抜《ぬ》ける。音《おと》も立《た》てずに、ドアはすぐに閉《し》まった。

思《おも》わず、ごくりとつばを飲《の》みこむ。

まさか、世界一《せかいいち》クラブを抜《ぬ》けるってことか？

……それにしても。

「これ、どうしてくれるんだよ」

光一《こういち》は、むっとした顔《かお》をしながら、はるか足元《あしもと》にある非常階段《ひじょうかいだん》を屋根《やね》から見下《みお》ろした。

★4 放課後《ほうかご》のヒミツ

放課後《ほうかご》の昇降口《しょうこうぐち》には、一日《いちにち》が終《お》わった解放感《かいほうかん》から気《き》の抜《ぬ》けた雰囲気《ふんいき》がただよっている。

その中《なか》で、荷物《にもつ》をまとめ終《お》えた光一《こういち》、すみれ、クリス、健太《けんた》の四人《にん》は、他《ほか》の人《ひと》に聞《き》こえないように顔《かお》を寄《よ》せあっていた。

「それじゃあ、始《はじ》めよっか……！」

リュックを背負《せお》ったすみれが、珍《めずら》しく小《ちい》さな声《こえ》で言《い》った。

「第一回《だいいっかい》、様子《ようす》がヘンな和馬《かずま》の追跡大会《ついせきたいかい》〜！」

すみれの声《こえ》に合《あ》わせて、健太《けんた》が、どこから取《と》りだしたのか、パパーンと勢《いきお》いよく紙吹雪《かみふぶき》を散《ち》らしはじめる。

ちょうど帰《かえ》ろうと通《とお》りかかった後輩《こうはい》の男子《だんし》が、健太《けんた》に思《おも》いっきり怪《あや》しんだ視線《しせん》を向《む》けていた。

第《だい》一回《かい》ってなんだよ、二回《かい》があるのか？

光一《こういち》は、靴箱《くつばこ》のかげから廊下《ろうか》の向《む》こうを見《み》つめる。人影《ひとかげ》はあるが、その中《なか》に和馬《かずま》の姿《すがた》はない。

「風早《かぜはや》が昇降口《しょうこうぐち》を出《で》たら、尾行開始《びこうかいし》だ。絶対《ぜったい》に、大《おお》きな物音《ものおと》は立《た》てるなよ」

光一《こういち》は、廊下《ろうか》の先《さき》に目《め》を向《む》けたまま立《た》ちあがった。

風早《かぜはや》の様子《ようす》は、どう考《かんが》えてもおかしい。もしかして、何《なに》かに巻《ま》きこまれているのかもしれない。

本人《ほんにん》に聞《き》いても答《こた》える気配《けはい》はないし、こうなったら――。

おれたちで探《さぐ》りだすしかない。

帰《かえ》りのホームルームが、隣《となり》のクラスよりも先《さき》に終《お》わったことを幸《さいわ》いと、光一《こういち》たちはそそくさと教室《きょうしつ》を出《で》た。

和馬《かずま》を追《お》いかけるために、今《いま》は靴箱《くつばこ》で待《ま》ちぶせ中《ちゅう》だ。

「でも……勝手《かって》に後《あと》をつけて、だいじょうぶかしら。風早《かぜはや》くんに気《き》づかれたら、怒《おこ》られるんじゃない……？」

すみれの後《うし》ろにかくれていたクリスが、眼鏡《めがね》をかけなおしながら困《こま》ったように言《い》った。

うっ。それはそうだけど。

でも――先《さき》にわかりやすいウソをついたのは、風早《かぜはや》だ。

そう自分《じぶん》に言《い》いきかせながら、光一《こういち》は顔《かお》をしかめた。

世界一《せかいいち》の忍《しの》び小学生《しょうがくせい》を本当《ほんとう》に追跡《ついせき》できるかは、ちょっと不安《ふあん》だけど。

「光一《こういち》、来《き》たよ。あそこ」

押《お》し殺《ころ》した声《こえ》を出《だ》しながら、すみれが廊下《ろうか》の向《む》こうを指《ゆび》さす。教室棟《きょうしつとう》の階段《かいだん》を下《お》りてきた和馬《かずま》が、ゆっくりとこちらに曲《ま》がってくるのが見《み》えた。

「あっ！　ホント、むぐぐ！」

「健太《けんた》、声《こえ》がデカいっ……！」

光一《こういち》は、慌《あわ》てて健太《けんた》の口《くち》を押《お》さえると、靴箱《くつばこ》のかげに引《ひ》っぱりこむ。

その間《あいだ》に、すみれとクリスは昇降口《しょうこうぐち》から出《で》て、壁《かべ》の向《む》こうへ走《はし》りこんでいた。

身《み》を潜《ひそ》めている靴箱《くつばこ》の裏側《うらがわ》で、和馬《かずま》は靴《くつ》をはきかえる。昇降口《しょうこうぐち》から外《そと》へ一歩《ぽ》踏《ふ》みだしたところで、ぴたりと立《た》ちどまった。

気《き》づかれたか……？

足《あし》を止《と》めたまま、和馬《かずま》はさっと視線《しせん》を走《はし》らせる。姿《すがた》が見《み》えそうになって、光一《こういち》は健太《けんた》を連《つ》れたまま、慌《あわ》てて靴箱《くつばこ》のかげに回《まわ》りこんだ。

緊張《きんちょう》で、心臓《しんぞう》がどくどくと鳴《な》る。

ぐっと息《いき》をつめていると、身長《しんちょう》のわりにかすかな和馬《かずま》の足音《あしおと》が少《すこ》しずつ遠《とお》ざかっていった。

ふう。何《なん》とかバレなかったみたいだな。

光一《こういち》は、健太《けんた》の口《くち》を押《お》さえていた手《て》を外《はず》しながら、ほっと息《いき》をついた。

「……っぷはっ！　こここっ、光一《こういち》〜！　ひどいよ、ぼく、ぜんぜん息《いき》ができなくて、死《し》んじゃうかと思《おも》ったよ！」

「呼吸《こきゅう》できるように、鼻《はな》はふさいでなかっただろ」

「あっ、言《い》われてみれば！」

健太《けんた》が、あははと笑《わら》いながら頭《あたま》をかく。

……先行《さきゆき》が不安《ふあん》だ。

内心《ないしん》で頭《あたま》を抱《かか》えていると、すみれとクリスが、人目《ひとめ》を忍《しの》びながら靴箱《くつばこ》にもどってくる。

「二人《ふたり》とも、早《はや》く行《い》こうよ。和馬《かずま》を見失《みうしな》ったら、作戦失敗《さくせんしっぱい》になっ――あーっ！」

「すみれ。だから声《こえ》が」

「風早《かぜはや》くんが、もう……いなくなってる!?」

何《なに》!?

光一《こういち》は、昇降口《しょうこうぐち》から飛《と》びだす。正門《せいもん》から外《そと》に出《で》て見《み》まわすと、ちょうど和馬《かずま》が左手《ひだりて》にある公園《こうえん》の角《かど》を曲《ま》がるところだった。

ここから、百メートルくらいはあるぞ！　いつの間《ま》に!?

「行《い》くぞ！」

後《うし》ろからやってきた三人《にん》を振《ふ》りかえってから、光一《こういち》は曲《ま》がり角《かど》へと走《はし》りだす。一度《ど》、植《う》え込《こ》みから道《みち》の様子《ようす》を確認《かくにん》して、慎重《しんちょう》に角《かど》を折《お》れた。

和馬《かずま》は、もう次《つぎ》の角《かど》を曲《ま》がりかけている。

いったい、どれだけ速《はや》いんだ。

「でも、おかしいな。家《いえ》に帰《かえ》るなら、学校《がっこう》を出《で》てすぐ右《みぎ》に曲《ま》がるはずなんだけど」

「やっぱり、何《なに》かあるってこと？　もしかして、習《なら》いごとでも始《はじ》めたとか？」

光一《こういち》の後《うし》ろにぴたりとつけていたすみれが、人差《ひとさ》し指《ゆび》を立《た》てた。

「塾《じゅく》とか、武道《ぶどう》とか……ピアノとか！」

武道《ぶどう》ならともかく、風早《かぜはや》がピアノは……想像《そうぞう》しにくいな。

光一《こういち》は吹《ふ》きだしそうになる顔《かお》を、すんでのところで引《ひ》きしめた。

「それなら、秘密《ひみつ》にする必要《ひつよう》はないだろ。特定《とくてい》の曜日以外《ようびいがい》は問題《もんだい》ないはずだ」

「それに最初《さいしょ》は、徳川《とくがわ》くんに『空《あ》いてる』って、言《い》っていたんだし……」

「もも、もしかして、ぼくたちの知《し》らない子《こ》に告白《こくはく》されて、こっそりつきあい始《はじ》めたとか！」

クリスの後《うし》ろで息《いき》を切《き》らしていた健太《けんた》が、目《め》を白黒《しろくろ》させた。

「ほら、和馬《かずま》くんってカッコイイし。かくれファンの子《こ》とかいると思《おも》うんだ！」

そうなのか？　たしかに、風早《かぜはや》は頼《たよ》れるやつだとは思《おも》うけど。

「とにかく、尾行《びこう》を成功《せいこう》させればわかるはず――って」

はっと、視線《しせん》を戻《もど》す。道《みち》にいるのは、自転車《じてんしゃ》に乗《の》った中学生《ちゅうがくせい》と、買《か》い物帰《ものがえ》りのおばあさん。

風早《かぜはや》がいない！

「ちょっと待《ま》ってて！」

すみれが、公園《こうえん》の中《なか》に走《はし》りこむと、一番大《いちばんおお》きな木《き》に足《あし》をかける。

光一《こういち》たちが呆気《あっけ》にとられている間《あいだ》に、プロのロッククライマー顔負《かおま》けの速度《そくど》でするすると頂上《ちょうじょう》まで登《のぼ》ると、上《うえ》から地上《ちじょう》を見下《みお》ろした。

「えーっと、ええっと……あ、あそこ！　ちょっと大《おお》きめなコンビニの前《まえ》！」

「一回左《かいひだり》に曲《ま》がって、次《つぎ》は右《みぎ》だな」

息《いき》を切《き》らしながら道《みち》を走《はし》る。なんとかコンビニの前《まえ》にたどりついたときには、和馬《かずま》は、もう大《おお》通《どお》りをはさんで反対側《はんたいがわ》。迷《まよ》わず、川沿《かわぞ》いの道《みち》へと入《はい》るところだった。

……あんまり、遠《とお》くまで行《い》かないといいけど。

光一《こういち》は、和馬《かずま》の背中《せなか》にじっと集中《しゅうちゅう》すると、信号《しんごう》が変《か》わった横断歩道《おうだんほどう》を駆《か》け足《あし》で渡《わた》った。

右《みぎ》に行《い》ったり左《ひだり》に行《い》ったり、橋《はし》を渡《わた》ったり――。

もう、どれくらい歩《ある》いたんだ？

深《ふか》く息《いき》をして呼吸《こきゅう》を整《ととの》えながら、光一《こういち》はちらりと腕時計《うでどけい》を見《み》た。

学校《がっこう》を出《で》てから、そろそろ一時間《じかん》。走《はし》って、かくれて、とにかく歩《ある》き通《どお》しだ。

気《き》がつくと、四人《にん》は二つ先《さき》の駅前《えきまえ》に出《で》ていた。

「和馬《かずま》くん、どこ行《い》っちゃったのかなあ～……」

駅前《えきまえ》の広場《ひろば》にあるベンチに、健太《けんた》がへろへろと座《すわ》りこむ。その横《よこ》に、クリスも胸《むね》を押《お》さえながら腰《こし》を下《お》ろした。

「風早《かぜはや》くんを追《お》いかけるのって、難《むずか》しいわね。走《はし》って逃《に》げられてるわけじゃないのに……普通《ふつう》に歩《ある》くだけでも十分《じゅうぶん》に速《はや》いし」

クリスの言葉《ことば》に、光一《こういち》は花壇《かだん》の縁《ふち》に座《すわ》りながらうなずいた。

風早《かぜはや》についていくのが大変《たいへん》で段々《だんだん》と距離《きょり》が離《はな》れていったから、尾行自体《びこうじたい》には気《き》づかれなかったみたいだけど。

途中《とちゅう》で見失《みうしな》うなんて……これは、完全《かんぜん》に失敗《しっぱい》だな。

「うーん。ここまでは確《たし》かに姿《すがた》が見《み》えてたんだけど。人《ひと》ごみに紛《まぎ》れて、わからなくなっちゃった」

一人元気《ひとりげんき》なすみれが、広場《ひろば》をあちこちと歩《ある》きまわりながら、ぽつりと言《い》った。

夕方《ゆうがた》の駅前《えきまえ》だけあって、あたりには老若男女《ろうにゃくなんにょ》たくさんの人《ひと》が行《い》ったり来《き》たりしている。

すぐそばに、お団子屋《だんごや》さんの小《ちい》さな屋台《やたい》が出《で》ていて、光一《こういち》たちのところまで、ふわっと甘《あま》い香《かお》りがただよった。

ぐうっと、お腹《なか》が鳴《な》る音《おと》がして、慌《あわ》てて押《お》さえる。

……おれじゃない。

健太《けんた》が、両手《りょうて》をお腹《なか》に当《あ》てながら、切《せつ》なそうにため息《いき》をついた。

「お腹空《なかす》いたなあ……」

「はあ、あたしも。今《いま》なら、お団子《だんご》十本《ぼん》くらいは、ぺろっと食《た》べられそう」

「すみれは、いつでも普通《ふつう》に十本《ぼん》くらいは――」

ちらっと顔《かお》を上《あ》げると、すみれが半目《はんめ》で、じっとこっちをにらんでいた。

万事休《ばんじきゅう》す。

えっと、『万事休《ばんじきゅう》す』っていうのは、中国《ちゅうごく》で書《か》かれた古《ふる》い歴史書《れきししょ》『宋史《そうし》』が由来《ゆらい》の故事成語《こじせいご》だ。

意味《いみ》は「もうどうしようもないってあきらめること」……って、説明《せつめい》してる場合《ばあい》じゃない。

「光一《こういち》〜！」

走《はし》って戻《もど》ってきたすみれが、すぐさま目《め》の前《まえ》に飛《と》びこんでくる。袖《そで》をつかまれて、ぐいっと引《ひ》きあげられた。

「待《ま》っ」

「いつもは、せいぜい……っ」

ひざ下《した》にすみれの足《あし》が当《あ》たる。次《つぎ》の瞬間《しゅんかん》には、体《からだ》が宙《ちゅう》に浮《う》いていた。

どしん！

思《おも》いっきり、肩《かた》から地面《じめん》に落下《らっか》する。受《う》け身《み》を取《と》って起《お》きあがると、すみれが、大《おお》きく広《ひろ》げた手《て》を、ぴっと光一《こういち》の顔《かお》にかざしていた。

「五本《ほん》！」

そこは、「一本《いっぽん》」じゃないのか!?

「ふふっ、さすがすみれちゃん。見事《みごと》な膝車《ひざぐるま》ね」

「ええっ!?」

背後《はいご》から、涼《すず》やかな声《こえ》が聞《き》こえて振《ふ》りかえる。

和馬《かずま》とそっくりな、切《き》れ長《なが》の瞳《ひとみ》。黒色《くろいろ》のセーラー服《ふく》に結《むす》ばれた赤《あか》いスカーフが、ふわりと揺《ゆ》れる。

高校《こうこう》の帰《かえ》りなのか、和馬《かずま》の姉《あね》の美雪《みゆき》が制服姿《せいふくすがた》でたたずんでいた。

「美雪《みゆき》さんだー！」

すみれが名前《なまえ》を呼《よ》びながら駆《か》けよると、美雪《みゆき》は手《て》に持《も》った袋《ふくろ》を持《も》ちなおしながら、にっこりとほほ笑《え》んだ。

「覚《おぼ》えてくれて、うれしいわ。みんな、こんなところでどうしたの？」

「ええっと……その」

クリスが、言《い》いにくそうに口《くち》ごもりながら、ちらっと光一《こういち》を見《み》つめた。

どうする？

美雪《みゆき》さんに言《い》ったら、後《あと》をつけていたことが風早《かぜはや》にバレるかもしれない。でも——。

光一《こういち》は、頭《あたま》の中《なか》で答《こた》えに迷《まよ》いながら美雪《みゆき》の顔《かお》を見上《みあ》げる。和馬《かずま》さえも逃《に》げだす、すきのない笑《え》みを向《む》けられて、苦笑《にがわら》いを浮《う》かべた。

かくしてもムダか。

それに、風早《かぜはや》の加入《かにゅう》に助力《じょりょく》してくれた美雪《みゆき》さんなら、今回《こんかい》も協力《きょうりょく》してくれるかもしれない。

「じつは、和馬《かずま》の後《あと》をこっそりつけていたんです。昨日《きのう》から、様子《ようす》が突然《とつぜん》おかしくなって」

「様子《ようす》がおかしいって、どんなふうに？」

「児童会室《じどうかいしつ》に来《き》たがらなかったり、一方的《いっぽうてき》に話《はな》しかけるなって言《い》ったり……」

「そうなの？　それは……じっくり話《はなし》を聞《き》いてみないとね」

美雪《みゆき》が、長《なが》い指《ゆび》を口元《くちもと》に当《あ》てながら、ぐっと笑《え》みを深《ふか》めた。

なんだか風早警部《かぜはやけいぶ》に通《つう》じる威圧感《いあつかん》がある。親子《おやこ》だから、当《あ》たり前《まえ》ではあるんだけど。

「様子《ようす》がおかしい理由《りゆう》に心当《こころあ》たりはないけれど、行《い》き先《さき》ならわかるわ。たぶん、おじいちゃんのところよ」

「おじいさん？」

「和馬《かずま》は週《しゅう》に何回《なんかい》か、おじいちゃんから忍《しの》びの指導《しどう》を受《う》けているの。訓練《くんれん》も兼《か》ねて、学校帰《がっこうがえ》りに歩《ある》きで通《かよ》ってね。わたしも、今《いま》からちょうど行《い》くところだったの。みんなで行《い》きましょうか」

美雪《みゆき》は「お土産《みやげ》なの、おじいちゃんが好《す》きなのよね」と言《い》いながら手《て》に持《も》っていたお団子《だんご》の袋《ふくろ》をかかげた。

「今《いま》の時間《じかん》はランニングしているかもしれないけど、家《いえ》で待《ま》っていれば、そのうち戻《もど》ってくるはずよ」

「なんだ、おじいちゃんの家《いえ》かあ。こっそりだれかとつきあい始《はじ》めて、忙《いそが》しくなったんじゃないかと思《おも》っちゃったよ！　ね、光一《こういち》」

「それは、健太《けんた》だけだろ」

へらっと笑《わら》う健太《けんた》につっこみながら、光一《こういち》は腕《うで》を組《く》んであごに手《て》を当《あ》てた。

とりあえず、風早《かぜはや》の行《い》き先《さき》がわかってよかったけど。

このまま素直《すなお》に会《あ》いに行《い》って、風早《かぜはや》が質問《しつもん》に答《こた》えてくれるかは少《すこ》し不安《ふあん》だ。また、逃《に》げられてしまう可能性《かのうせい》もあるし。

……待《ま》てよ、もっと確実《かくじつ》な方法《ほうほう》があるんじゃないか？

「美雪《みゆき》さん。和馬《かずま》のランニングのコースって、いつも同《おな》じなんですか？」

「そうね。家《いえ》を出《で》てから右《みぎ》に曲《ま》がって、川沿《かわぞ》いの遊歩道《ゆうほどう》を走《はし》ってから――」

首《くび》をかしげながら、美雪《みゆき》が答《こた》える。光一《こういち》の強《つよ》い視線《しせん》に気《き》づいて言葉《ことば》を止《と》めた。

「何《なに》か、おもしろい作戦《さくせん》があるのね？」

美雪《みゆき》の質問《しつもん》に、光一《こういち》はしっかりとうなずいたのだった。

5 世界一《せかいいち》クラブ☆混成《こんせい》チーム

一歩《いっぽ》一歩《いっぽ》、アスファルトを軽《かろ》やかに踏《ふ》みしめながら、和馬《かずま》は一人《ひとり》で川沿《かわぞ》いの道《みち》を走《はし》っていた。

ひんやりとした風《かぜ》が当《あ》たって、気持《きも》ちがいい。

けれど、いつもと同《おな》じ道《みち》のはずなのに、今日《きょう》は少《すこ》しだけ足《あし》が重《おも》い。

非常階段《ひじょうかいだん》で、連絡《れんらく》を取《と》りたくないことは徳川《とくがわ》に伝《つた》えたけれど、あれで問題《もんだい》なかったか？

もう少《すこ》し、説明《せつめい》したほうがよかったかもしれない。

「でも、全部《ぜんぶ》話《はな》すと時間《じかん》がかかりすぎる」

長々《ながなが》と話《はな》すのは、あまり得意《とくい》じゃない。特《とく》に、自分《じぶん》の事情《じじょう》を人《ひと》に話《はな》すのは苦手《にがて》だ。

……ゴールデンウィークが明《あ》けた後《あと》にでも、話《はな》せばいいはずだ。

考《かんが》えを忘《わす》れようと、ぐんとスピードを上《あ》げる。ひときわ強《つよ》い風《かぜ》が顔《かお》に吹《ふ》きつけた。

その時《とき》だった。

「お、風早《かぜはや》！　奇遇《きぐう》だな。こんなところで会《あ》うなんて」

背後《はいご》から聞《き》きおぼえのある声《こえ》がして、思《おも》わず足《あし》を止《と》める。

今《いま》の声《こえ》、隣《となり》のクラスの……福永先生《ふくながせんせい》か？

ゆっくりと振《ふ》りかえるが、そこにはだれの姿《すがた》もない。

「おおい、こっちだ。風早《かぜはや》は、走《はし》るのが速《はや》いな」

がらんとした道《みち》に、また、福永先生《ふくながせんせい》の声《こえ》がこだまする。けれど、一向《いっこう》に姿《すがた》が見《み》えてこない。道《みち》の向《む》こうや、建物《たてもの》の角《かど》に目《め》を凝《こ》らしたものの、人《ひと》が出《で》てくる気配《けはい》はなかった。

でも、その声《こえ》に集中《しゅうちゅう》すればするほど、福永先生《ふくながせんせい》の声《こえ》にしか聞《き》こえない。

ただ、そういうことができる人物《じんぶつ》には、一人《ひとり》だけ心当《こころあ》たりがある。

「……健太《けんた》か？」

「ぎくっ」

……効果音《こうかおん》まで、福永先生《ふくながせんせい》の声《こえ》のままなんだな。

健太《けんた》がいる、となれば、五井《ごい》や日野《ひの》、少《すく》なくとも徳川《とくがわ》はいるはずだ。

説明《せつめい》をさせようと追《お》ってきたのか？　でも、ここで捕《つか》まると学校《がっこう》よりも危険度《きけんど》が高《たか》い。

逃《に》げきるしかない。

声《こえ》がしたほうにすばやく背《せ》を向《む》けて、川沿《かわぞ》いを先《さき》へと走《はし》りだす。工場沿《こうじょうぞ》いの細《ほそ》い道《みち》に入《はい》ったところで、すらりとした少女《しょうじょ》がさっと植《う》え込《こ》みから飛《と》びだした。

日野《ひの》だ。

「そ……その、風早《かぜはや》くん。えっと、ここは通《とお》せないから……おとなしく、捕《つか》まって！」

顔《かお》を真《ま》っ赤《か》にしながら、クリスが長《なが》い腕《うで》を広《ひろ》げてせいいっぱい道《みち》をふさぐ。

いつものピンクの縁眼鏡《ふちめがね》はかけたままで、演技《えんぎ》モードに入《はい》っていないからか、その動《うご》きはかなりたどたどしい。見《み》ているほうが、気《き》の毒《どく》になる。

和馬《かずま》は、そろりと体《からだ》を反転《はんてん》させて、来《き》た道《みち》を戻《もど》ろうとする。すると、今度《こんど》は道《みち》の先《さき》から全速力《ぜんそくりょく》の足音《あしおと》が響《ひび》いた。

「和馬《かずま》、覚悟《かくご》〜っ！」

にっと楽《たの》しそうに笑《わら》ったすみれが、もうもうと土煙《つちけむり》を上《あ》げながら走《はし》ってくる。

すでに臨戦態勢《りんせんたいせい》のすみれを見《み》ながら、和馬《かずま》は眉《まゆ》をひそめた。

はさみ撃《う》ちか。近《ちか》くの木《き》を使《つか》って、逃《に》げきるか？

けれど、ランニングコースの中《なか》でここだけ、狙《ねら》ったように街路樹《がいろじゅ》が途切《とぎ》れている。

……徳川《とくがわ》の作戦《さくせん》か。

日野《ひの》の上《うえ》を飛《と》びこえるのは、なんだか申《もう》し訳《わけ》ない。でも、後《うし》ろから走《はし》ってきている五井《ごい》と組《く》みあうのは――。

前《まえ》に見《み》た投《な》げとばされる光一《こういち》の姿《すがた》が、和馬《かずま》の頭《あたま》の中《なか》に浮《う》かぶ。

――絶対《ぜったい》にごめんだ。

道《みち》の横《よこ》を流《なが》れる川《かわ》に、すぐさま目《め》を向《む》ける。川幅《かわはば》は、五、六メートル。

これなら、いける。

和馬《かずま》は、迫《せま》ってくるすみれとクリスの前《まえ》でさっと助走《じょそう》をつけて、川《かわ》の上《うえ》へと飛《と》びだした。

「ああっ！」

「うそ!?」

二人《ふたり》の叫《さけ》び声《ごえ》を背後《はいご》に聞《き》きながら、少《すこ》しほっとする。さすがに、これは予想《よそう》していなかったみたいだ。

川《かわ》の向《む》こう岸《ぎし》を、もう一度《いちど》確《たし》かめる。

土手《どて》の、あのあたりに足《あし》をかけ――。

見当《けんとう》をつけた足場《あしば》の奥《おく》に、すっと木《こ》かげから人影《ひとかげ》が飛《と》びだす。長《なが》い黒髪《くろかみ》とセーラー服《ふく》のスカートが、風《かぜ》になびいた。

「みっ」

美雪姉《みゆきねえ》さん！

その横《よこ》に、光一《こういち》が静《しず》かに立《た》っている。少《すこ》し困《こま》ったように、眉毛《まゆげ》が下《さ》がっていた。

やっぱりか。

もう宙《ちゅう》に飛《と》びだしているから、今《いま》さら着地点《ちゃくちてん》は変《か》えられない。口《くち》だけ笑《わら》ったままの美雪《みゆき》の鋭《するど》い視《し》線《せん》と目《め》が合《あ》って、和馬《かずま》は体《からだ》をぎくりとさせた。

はっと気《き》がつくと、右足《みぎあし》に美雪《みゆき》お得意《とくい》の縄《なわ》がからまっている。

ぐっと縄《なわ》を引《ひ》かれて、バランスが崩《くず》れる。失速《しっそく》した体《からだ》は、無残《むざん》にも頭《あたま》から川《かわ》へ、ぼちゃんと落下《らっか》した。

「ジャンプ中《ちゅう》はすきができるから、タイミングに気《き》をつけなさいって、いつも言《い》ってるでしょう？」

……今度《こんど》から、肝《きも》に銘《めい》じておこう。

美雪《みゆき》の声《こえ》が、岸《きし》から降《ふ》りそそいでくる。和馬《かずま》は足《あし》を吊《つ》られたまま腕《うで》を組《く》んで、重《おも》いため息《いき》をついた。

橋《はし》を渡《わた》ってみんなが集《あつ》まったところで、光一《こういち》は川《かわ》に視線《しせん》を戻《もど》した。

美雪《みゆき》がずるずると縄《なわ》を引《ひ》きおえる前《まえ》に、川《かわ》べりから和馬《かずま》が顔《かお》をのぞかせる。軽々《かるがる》と跳《と》びあがると、疲《つか》れた顔《かお》で着地《ちゃくち》した。その足《あし》に、もう縄《なわ》はからまっていない。

「やった〜！　和馬《かずま》、初確保《はつかくほ》！」

すみれが、うれしそうにぴょんぴょんと飛《と》びはねる。その後《うし》ろで、健太《けんた》は申《もう》し訳《わけ》なさそうに苦笑《にが》いをした。

「和馬《かずま》くん、ごめんね。ええっと、和馬《かずま》くんが連絡《れんらく》を取《と》りたくないって言《い》ってた理由《りゆう》がどうしても気《き》になっちゃって。それで……」

「それはもうわかった。それより、何《なん》で姉《ねえ》さんまで」

「だって、和馬《かずま》が話《はなし》をしてくれないって、みんなが困《こま》っていたから」

美雪《みゆき》が、光一《こういち》に向《む》かってにっこりと笑《わら》って見《み》せる。光一《こういち》は口《くち》を結《むす》びながら、首《くび》の後《うし》ろをかいた。

家《いえ》で待《ま》ちぶせすることも考《かんが》えた。けれど、家《いえ》にいることを事前《じぜん》に察知《さっち》されたら、逃《に》げられるかもしれない。

それなら、こちらが先《さき》に強襲《きょうしゅう》をしかけたほうが、風早《かぜはや》の動揺《どうよう》が誘《さそ》える。しかも、美雪《みゆき》さんとおれたちが遭遇《そうぐう》したことを風早《かぜはや》は知《し》らないから、裏《うら》をかくことができる。

そう考《かんが》えて、美雪《みゆき》さんに協力《きょうりょく》してもらったんだけど。

和馬《かずま》が、不満《ふまん》そうな目《め》で、じっと光一《こういち》をにらむ。

これは、やっぱり怒《おこ》ってるよな。

「風早《かぜはや》、悪《わる》かった。おれが言《い》いだしたんだ」

「……もういい。オレの修行不足《しゅぎょうぶそく》だ」

「でも、風早《かぜはや》くん。その……何《なん》でそんなにわたしたちのことを、避《さ》けてたの……？」

すみれの後《うし》ろで首《くび》をかしげたクリスの言葉《ことば》に、和馬《かずま》がはっと目《め》を見開《みひら》く。すきなく周囲《しゅうい》へ視線《しせん》を走《はし》らせると、思《おも》いつめたようにごくりと息《いき》をのんだ。

まるで、何《なに》かを警戒《けいかい》してるみたいだ。

「風早《かぜはや》、どうかしたのか？　昼間《ひるま》も、だれかいないか探《さが》してたよな」

光一《こういち》の言葉《ことば》に、和馬《かずま》は眉《まゆ》をくもらせる。全員《ぜんいん》の顔《かお》を見《み》まわしてから光一《こういち》に向《む》きあうと、強《つよ》い調《ちょう》子《し》で言《い》った。

「……事情《じじょう》は今度《こんど》説明《せつめい》するから、とにかく今日《きょう》は帰《かえ》れ」

「えーっ！　今説明《いませつめい》してくれてもいいじゃん。せっかくここまで和馬《かずま》を追《お》いかけてきたのに」

「ここだと、学校《がっこう》よりマズい！」

めずらしく、和馬《かずま》が声《こえ》を荒《あら》げる。けれど、すぐに冷静《れいせい》さを取《と》りもどして、静《しず》かにつぶやいた。

「こんなところを、もし見《み》られたら……」

「……見《み》られたら？」

クリスとすみれが、不思議《ふしぎ》そうに瞬《まばた》きをする。光一《こういち》も、美雪《みゆき》や健太《けんた》と顔《かお》を見合《みあ》わせた。

風早《かぜはや》は、いったい何《なに》をそんなに警戒《けいかい》してるんだ？

「とにかく、一刻《いっこく》も早《はや》くここから」

「和馬《かずま》ー!!」

川沿《かわぞ》いの道《みち》に、腹《はら》の底《そこ》から出《で》たような声《こえ》がわんわんと響《ひび》いた。

何《なに》かが背後《はいご》から風《かぜ》を切《き》るように、光一《こういち》たちの横《よこ》をすり抜《ぬ》ける。次《つぎ》の瞬間《しゅんかん》には、和馬《かずま》の体《からだ》に再《ふたた》び、縄《なわ》がからまっていた。しかも、足元《あしもと》から肩《かた》まで先《さき》ほどよりもしっかりと。

「……っ！」

和馬《かずま》は身《み》をよじったものの、縄《なわ》がきつくて地面《じめん》に倒《たお》れこむ。その鼻先《はなさき》に、カカカッと硬質《こうしつ》な音《おと》を立《た》てながら、黒《くろ》い何《なに》かが突《つ》き刺《さ》さった。

これって……手裏剣《しゅりけん》？

振《ふ》りかえると、歩道《ほどう》のはるか先《さき》に、作務衣姿《さむえすがた》の老人《ろうじん》が立《た》っていた。

白髪《しらが》が交《ま》じった髪《かみ》を、後《うし》ろになでつけている。あごに生《は》えている、豊《ゆた》かなヒゲ。カッと眼光鋭《がんこうするど》く見開《みひら》かれた瞳《ひとみ》は、光一《こういち》たちへ真《ま》っすぐに向《む》けられていた。

背《せ》は、あまり高《たか》くない。その割《わ》りに、言《い》いようのない圧迫感《あっぱくかん》のようなものがにじみでている。

風早《かぜはや》を一瞬《いっしゅん》でしばりつける腕前《うでまえ》。

地面《じめん》に刺《さ》さった手裏剣《しゅりけん》。

見覚《みおぼ》えのある鋭《するど》い目《め》つき。

……もしかして。

「おじいちゃん！」

「はあ……」

美雪《みゆき》があっと声《こえ》を上《あ》げ、地面《じめん》に転《ころ》がった和馬《かずま》が、うんざりしたようにため息《いき》をつく。

光一《こういち》たちは、そろってあんぐりと口《くち》を開《あ》けたのだった。

6 敵《てき》は最凶《さいきょう》じいさん!?

「いやあ、さっきはびっくりさせて悪《わる》かったのう」

和馬《かずま》の祖父《そふ》、達蔵《たつぞう》はあぐらをかいて、光一《こういち》たちの向《む》かいに腰《こし》を下《お》ろす。にこにこしながら、美《み》雪《ゆき》が買《か》ってきた団子《だんご》をのせた皿《さら》をテーブルに置《お》いた。

あの後《あと》、光一《こういち》たちは達蔵《たつぞう》に案内《あんない》されて、すぐ近《ちか》くにあった和風《わふう》の造《つく》りの大《おお》きな家《いえ》にやってきた。もちろん、美雪《みゆき》が行《い》こうとしていた達蔵《たつぞう》の家《いえ》だ。

畳《たたみ》に座《すわ》った光一《こういち》は、達蔵《たつぞう》を見《み》たまま視界《しかい》の端《はし》で家《いえ》の様子《ようす》を観察《かんさつ》する。

長《なが》い板張《いたば》りの廊下《ろうか》。床《とこ》の間《ま》に掛《か》け軸《じく》。

風早《かぜはや》の家《いえ》よりもはるかに『忍《しの》びの家《いえ》』っぽいな。

光一《こういち》たち四人《にん》は、テーブルの前《まえ》に横《よこ》一列《れつ》に並《なら》んでいる。達蔵《たつぞう》から少《すこ》し離《はな》れた場所《ばしょ》に腰《こし》を下《お》ろした和馬《かずま》は、気《き》まずそうに目《め》をそらしていた。

達蔵《たつぞう》は、カラカラとおかしそうに笑《わら》いながら、腕《うで》を組《く》んだ。

「自己紹介《じこしょうかい》が遅《おく》れたのう。わしは、和馬《かずま》と美雪《みゆき》の祖父《そふ》で、風早達蔵《かざはやたつぞう》という」

「あの風早警部《かざはやけいぶ》のお父《とう》さんですよね」

「あんなやつは知《し》らん。すぐわしに突《つ》っかかってきおって」

達蔵《たつぞう》は、年甲斐《としがい》もなくぷいとそっぽを向《む》く。けれど、すぐにさっきの笑顔《えがお》を取《と》りもどして、ぐいぐいと団子《だんご》の皿《さら》を勧《すす》めた。

「わあっ！　みたらしに、粒《つぶ》あんに、こしあんに、よもぎもあるよ。どれにしようかなあ〜」

「ほら、時間《じかん》がたつと固《かた》くなってしまうじゃろ。食《た》べなさい」

得体《えたい》が知《し》れない感《かん》じはあるけど、明《あか》るい人《ひと》なんだな。風早警部《かざはやけいぶ》の父親《ちちおや》らしさは、まったくない。

「はあ、ありがとうございます」

やわらかな笑顔《えがお》に押《お》されて、光一《こういち》はクリスと顔《かお》を見合《みあ》わせる。

一番乗《いちばんの》りで、健太《けんた》は粒《つぶ》あんとこしあんの団子《だんご》を取《と》ると、あっという間《ま》にかぶりついた。すみれは、うきうきとみたらし団子《だんご》を一本取《ぼんと》ると、刺《さ》さっている四つのうち、二つを一気《いっき》にほおばる。

……二人《ふたり》とも、のどにつまらせるなよ。

「ほら、光一《こういち》くんじゃったかの？　きみも食《た》べなさい」

「……それじゃあ」

光一《こういち》は、粒《つぶ》あんの団子《だんご》をあんをこぼさないように持《も》ちあげる。一つだけ口《くち》にいれると、ゆっくりと噛《か》み味《あじ》わった。

「みんなが和馬《かずま》の友達《ともだち》なのはわかった。でも、なんでこんなところに来《き》たんじゃ？」

「和馬《かずま》くんの、はぐっ、様子《ようす》がおかしかったから、気《き》になって……ごくっ」

健太《けんた》が、二本《ほん》の団子《だんご》を飲《の》みこなしながら、器用《きよう》に返事《へんじ》をする。達蔵《たつぞう》は、その様子《ようす》を笑顔《えがお》のまま眺《なが》めた。

「この四人《にん》は、何《なに》かの集《あつ》まりなのかのう？」

……あ。

光一《こういち》は、探《さぐ》るような視線《しせん》を和馬《かずま》に送《おく》る。思《おも》ったとおり、和馬《かずま》は、口《くち》を引《ひ》きむすんだまま、光一《こういち》を見《み》て顔《かお》をしかめた。

もしかして、世界一《せかいいち》クラブのことは、この人《ひと》には言《い》っちゃいけないんじゃないか……!?

「けん、待《ま》っ、んぐっ」

慌《あわ》てて止《と》めようとした瞬間《しゅんかん》、団子《だんご》がぐっとのどにつまる。健太《けんた》が、テーブルに置《お》かれていたお茶《ちゃ》を、光一《こういち》に急《いそ》いで手渡《てわた》した。

「光一《こういち》、だいじょうぶ!?　そんなに焦《あせ》らなくても、お団子《だんご》はまだいっぱいあるんだからさ！」

「ちがっ、ごほっ」

団子《だんご》がのどにつかえて、うまくしゃべれない。和馬《かずま》が、おずおずと達蔵《たつぞう》に半歩《はんぽ》近《ちか》づいた。

「じいさん、その――」

「和馬《かずま》は黙《だま》っとれ。わしは、みんなに聞《き》いとるんじゃ」

「えっと、ぼくたち五人《にん》で〈世界一《せかいいち》クラブ〉っていうのをやってるんです」

「世界一《せかいいち》クラブ？」

達蔵《たつぞう》の長《なが》い眉《まゆ》が、ぴくりと右側《みぎがわ》だけ持《も》ちあがる。すみれが自慢《じまん》そうに、胸《むね》をはった。

「そう！　世界一《せかいいち》の特技《とくぎ》を持《も》った小学生《しょうがくせい》で作《つく》ったクラブだから、世界一《せかいいち》クラブ。あたしが柔道《じゅうどう》でしょ、健太《けんた》は手品《てじな》とか声《こえ》まねとか、クリスは美少女《びしょうじょ》だし」

「リーダーの光一《こういち》は、なんと世界一《せかいいち》の天才少年《てんさいしょうねん》なんだよ！」

「それで、いったいどんなことをやっとるんじゃ？」

「みんなで協力《きょうりょく》して、いろんな事件《じけん》を解決《かいけつ》するんだ！　ぼくたち、けっこう活躍《かつやく》してるんだよ」

「……ほう？」

にこにこと笑《わら》っているのに、達蔵《たつぞう》の瞳《ひとみ》が鋭《するど》く光《ひか》る。光一《こういち》は、お茶《ちゃ》を一気《いっき》にあおると、急《いそ》いで健《けん》太《た》の口《くち》に新《あたら》しい団子《だんご》を放《ほう》りこんだ。

「えっ、ぼくが食《た》べていいの？　ちょっと悪《わる》いなあ」

健太《けんた》が、もぐもぐと再《ふたた》び団子《だんご》に食《く》らいつく。光一《こういち》は、達蔵《たつぞう》に向《む》きなおると、丁寧《ていねい》にお辞儀《じぎ》した。

「……おれたちは和馬《かずま》に用《よう》があってきただけなので、そろそろ帰《かえ》ります。おじゃまし――」

「用《よう》というのは、その世界一《せかいいち》クラブのことかのう？」

答《こた》えても、いいことはない気《き》がする。

適当《てきとう》にうなずいて、ごまかそうとした瞬間《しゅんかん》、すみれが何《なん》のためらいもなく大口《おおぐち》を開《あ》けた。

「そう。ゴールデンウィークの最終日《さいしゅうび》に、世界一《せかいいち》クラブのみんなで打《う》ちあげに行《い》こうと思《おも》って」

「打《う》ちあげじゃと!?」

「学校《がっこう》であった人質立《ひとじちた》てこもり事件《じけん》と、当《あ》たり屋《や》の詐欺事件《さぎじけん》を解決《かいけつ》したことのお祝《いわ》いに。それが
……どうかした？」

光一《こういち》の表情《ひょうじょう》がくもり始《はじ》めたのに気《き》づいて、すみれの声《こえ》がだんだんと小《ちい》さくなる。

達蔵《たつぞう》は、ううんとうなりながら目《め》を閉《と》じた。

「だめじゃ」

「だめ……って？」

「世界一《せかいいち》クラブの活動《かつどう》に和馬《かずま》が参加《さんか》するのを、わしは断《だん》じて認《みと》めんぞ！」

……やっぱりな。

「ええーっ！」

すみれが、いち早《はや》く前《まえ》に出《で》て、テーブルにどんと手《て》をつく。口《くち》をとがらせながら、達蔵《たつぞう》につめよった。

「何《なん》で!?　打《う》ちあげっていってもアイス食《た》べに行《い》くだけなんだし、別《べつ》にいいじゃん！」

「そそそ、それにぼくたちは事件《じけん》を解決《かいけつ》してるから、悪《わる》いこともしてないよ!?」

「和馬《かずま》は、うちの一族《いちぞく》の中《なか》でも一番優秀《いちばんゆうしゅう》で将来《しょうらい》をもっとも期待《きたい》しとるんじゃ。忍《しの》びであることが表《おもて》ざたになるかもしれんことなど、断《だん》じてさせん！　世界一《せかいいち》クラブなど、辞《や》めてもらう！」

達蔵《たつぞう》は鼻息《はないき》を荒《あら》くして話《はな》すと、ちらっと四人《にん》を見下《みお》ろしてから、かたく目《め》をつむる。

「それに……」

達蔵《たつぞう》が、腕《うで》を組《く》んでぐっと眉間《みけん》にしわを寄《よ》せる。一転《いってん》して静《しず》まりかえった部屋《へや》で、光一《こういち》はごくりと息《いき》をのんだ。

まだ何《なに》かあるのか？

体《からだ》は微動《びどう》だにしないまま、達蔵《たつぞう》がカッと瞳《ひとみ》だけを見開《みひら》く。びくっと反応《はんのう》しかけた光一《こういち》を、ものすごい気迫《きはく》でにらみつけた。

「こんなかわいい女子《じょし》といっしょに活動《かつどう》するなんて、子《こ》どものころのわしはできんかったぞ！」

「…………は？」

「えっ」

「ええっと……」

それが、本音《ほんね》か……？

和馬《かずま》が、「はあっ……」と深々《ふかぶか》とため息《いき》をつきながら畳《たたみ》に手《て》をつく。

部屋《へや》が再《ふたた》び、シーンとなった。

微妙《びみょう》な空気《くうき》の中《なか》で、四人《にん》はこそこそと顔《かお》を寄《よ》せあう。すみれが、嫌《きら》いな食《た》べ物《もの》でも口《くち》につっこまれたみたいにへんてこな表情《ひょうじょう》で、ぼそっと言《い》った。

「ねえ。あの人《ひと》って、ホントに和馬《かずま》のおじいちゃん？　和馬《かずま》とも風早警部《かぜはやけいぶ》とも、ぜんぜんキャラ違《ちが》うんだけど。しかも、言《い》ってること意味《いみ》わかんないし」

「わたしたちと風早《かぜはや》くんが活動《かつどう》するのが、そんなに嫌《いや》なのかしら……」

「ほら。おじいちゃんだから、考《かん》え方《かた》が昔《むかし》っぽいんじゃないかなあ」

いや、あれは純粋《じゅんすい》にただのやっかみじゃないか？

どこらへんが言《い》いがかりか、説明《せつめい》するのもめんどうなくらいだ。

「もう、おじいちゃんったら。別《べつ》にいいじゃない」

トレーを運《はこ》んできた美雪《みゆき》が、テーブルに新《あたら》しいお茶《ちゃ》を置《お》きながら、ふうと息《いき》をはいた。

「和馬《かずま》が、何《なに》かやりたいって自分《じぶん》から言《い》うのはめずらしいんだし。やらせてあげても」

「いーや、わしは認《みと》めんぞ」

「おじいちゃんは、言《い》いだしたらきかないんだから。そういうところは、お父《とう》さんといっしょ」

「あの偏屈《へんくつ》でおカタくて話《はなし》の通《つう》じないやつと、いっしょにするな！」

確《たし》かに、こういう頑固《がんこ》なところは、風早警部《かぜはやけいぶ》っぽい。

達蔵《たつぞう》は、出《だ》してもらったお茶《ちゃ》をすすりながら、吐《は》きすてるように言《い》った。

「ふん。世界一《せかいいち》だか宇宙一《うちゅういち》だかしらんが、どうせたいしたことないんじゃろ。子《こ》どものお遊《あそ》びなんか、やめとくんじゃな」

「なっ……！」

すみれが、あまりの言《い》い草《ぐさ》に腰《こし》を浮《う》かせる。光一《こういち》は、すみれの前《まえ》にさっと手《て》をかざしてなんとか押《お》しとどめると、自分《じぶん》が達蔵《たつぞう》ににじり寄《よ》った。ただ、思《おも》わず敬語《けいご》を使《つか》うことは忘《わす》れる。

「そんなふうに、一方的《いっぽうてき》にばかにされる理由《りゆう》はない」

「ばかにしとるわけじゃない。ただ、本当《ほんとう》のことじゃろ？」

「おれたちの実力《じつりょく》も知《し》らないで、そう決《き》めつけられるのは心外《しんがい》だ。それに、よく知《し》りもしないで判断《はんだん》するなんて、軽率《けいそつ》なんじゃないか？」

「ほう。なかなか言《い》うのう。よっぽど自信《じしん》があるみたいじゃな。でも、口《くち》だけじゃあ話《はなし》にならんなあ」

達蔵《たつぞう》は横《よこ》を向《む》くと、光一《こういち》を斜《なな》めに見下《みお》ろして鼻《はな》で笑《わら》った。

「自分《じぶん》たちがすごいなんて、言《い》うだけならだれでもできるじゃろ。それを証明《しょうめい》することはできんのか？　世界一《せかいいち》の天才少年《てんさいしょうねん》なんじゃろ？」

わざと、そこを強調《きょうちょう》したな。

「ああ、それとも頭《あたま》がいいだけで、なんもできんのか」

「……光一《こういち》」

口《くち》をへの字《じ》に曲《ま》げたすみれが、後《うし》ろから光一《こういち》のそでを引《ひ》く。光一《こういち》は、こくりと一度《ど》うなずいてみせた。

これは、明《あき》らかな挑発《ちょうはつ》だ。じいさんが言《い》わせたいことはわかっている。

わかっているけれど――このまま引《ひ》きさがるおれたちじゃない。

そんなにケンカを売《う》りたいなら。

「じいさん。それなら、おれたちと勝負《しょうぶ》しないか？」

「勝負《しょうぶ》？」

「そうだ。おれたちが勝《か》ったら、和馬《かずま》が世界一《せかいいち》クラブで活動《かつどう》するのを認《みと》めてもらう」

「徳川《とくがわ》！」

「和馬《かずま》は黙《だま》っとれ。クラブのリーダーとやらは、この世界一《せかいいち》の天才少年《てんさいしょうねん》なんじゃろうが」

中腰《ちゅうごし》になった和馬《かずま》を、光一《こういち》に視線《しせん》を向《む》けたままの達蔵《たつぞう》が一喝《いっかつ》する。そして、ううむとうなりながら、迷《まよ》うようにヒゲをなでた。

意外《いがい》と慎重《しんちょう》だな。

「勝《か》つ自信《じしん》がないなら、やめてもいいけど？」

「なにい？　よかろう、そこまで言《い》うなら勝負《しょうぶ》してやる。そのかわり、勝負《しょうぶ》は明日《あした》じゃ」

「明日《あした》!?」

「時間《じかん》をやればやるほど、おぬしはいろいろ小細工《こざいく》をしてきそうだからのう。それじゃあ、実力《じつりょく》勝負《しょうぶ》とは言《い》えんじゃろ。だれか、都合《つごう》が悪《わる》いメンバーでもおるのか？」

「まあ、明日《あした》は予定《よてい》がないけど……」

光一《こういち》の後《うし》ろで、すみれや健太《けんた》が困《こま》ったように目《め》を合《あ》わせた。

たしかに、すぐ対決《たいけつ》するなら明日《あした》しかない。

クリスは明後日《あさって》から旅行《りょこう》に行《い》って、しばらく帰《かえ》ってこない。明日勝負《あしたしょうぶ》しないと、ゴールデンウイーク最終日《さいしゅうび》の打《う》ちあげは、風早抜《かぜはやぬ》きになってしまう。

けど。

「無理《むり》にとは言《い》わんがの。その代《か》わり、わしは和馬《かずま》のクラブへの参加《さんか》は認《みと》めんぞ」

達蔵《たつぞう》は、光一《こういち》の顔《かお》を見《み》ながらニヤニヤと意地悪《いじわる》く笑《わら》う。

まったく、いい性格《せいかく》したじいさんだな。

「わかった。その条件《じょうけん》をのむ。ただし、後《あと》で泣《な》き言《ごと》を言《い》ってもきかないからな」

「そりゃわしのセリフじゃ。最近《さいきん》は、挑《いど》んでくる者《もの》もおらんからのう。いい退屈《たいくつ》しのぎじゃ」

余裕《よゆう》しゃくしゃくといった感《かん》じで、達蔵《たつぞう》はテーブルに置《お》いていたお茶《ちゃ》を、一息《ひといき》に飲《の》みほした。

光一《こういち》は、正面《しょうめん》の達蔵《たつぞう》を見《み》るふりをしながら、視界《しかい》の端《はし》で和馬《かずま》をとらえる。和馬《かずま》は、なぜか顔《かお》をしかめながら、わずかにうつむいていた。

世界一《せかいいち》クラブで活動《かつどう》するチャンスを残《のこ》せたわりに、なんだか、がっくりしてないか？

まあ、その理由《りゆう》は後《あと》で聞《き》けばいいか。

「それで、勝負《しょうぶ》のお題《だい》はどうする？　何《なに》かいい意見《いけん》でも――」

「そうじゃなあ。鬼《おに》ごっこはどうじゃ？」

「何《なん》だって……？」

光一《こういち》は、じっと達蔵《たつぞう》の顔《かお》を見《み》かえす。達蔵《たつぞう》の白《しろ》くて長《なが》い眉毛《まゆげ》がからかうようにぴくりと動《うご》いた。

「ゴールデンウィークの初日《しょにち》、人《ひと》でごったがえす東京駅《とうきょうえき》で、一対《たい》五の鬼《おに》ごっこじゃ。なかなか楽《たの》しそうじゃろう？」

達蔵《たつぞう》は、呆然《ぼうぜん》と口《くち》を開《あ》けた光一《こういち》に向《む》かって、ニヤッと不敵《ふてき》に笑《わら》った。

★7 和馬《かずま》の心配《しんぱい》

「やられた……」

やってきた電車《でんしゃ》に乗《の》りこむと、光一《こういち》は額《ひたい》を押《お》さえながら横長《よこなが》の座席《ざせき》に腰《こし》を下《お》ろした。

掃除《そうじ》をしていくという美雪《みゆき》を置《お》いて、光一《こういち》たち五人《にん》は達蔵家《たつぞうけ》を後《あと》にした。

和馬《かずま》の追跡《ついせき》でもうくたくただったから、帰《かえ》りはみんなそろって電車《でんしゃ》だ。

光一《こういち》の横《よこ》に健太《けんた》、少《すこ》し離《はな》れてクリスが座《すわ》り、和馬《かずま》は近《ちか》くのドアに寄《よ》りかかる。

光一《こういち》の席《せき》の前《まえ》のつり革《かわ》をつかんだすみれが、首《くび》をすくめた。

「でも、勝《か》ったら打《う》ちあげのアイス代《だい》をおごってくれるって言《い》ってたし。それに、鬼《おに》ごっこだったら楽勝《らくしょう》じゃん。普通《ふつう》は鬼《おに》ごっこって、一人《ひとり》がたくさんの人《ひと》を追《お》いかけるけど、今回《こんかい》は五人《にん》で一人《ひとり》を追《お》いかけるんでしょ？」

楽勝《らくしょう》なわけがないだろ。

あのじいさんは、思《おも》ったより頭《あたま》が切《き》れるみたいだ。

光一《こういち》は、こめかみに手《て》を当《あ》てる。肩《かた》を落《お》としながら、ふーっと息《いき》をはいた。

「鬼《おに》ごっこっていう対決自体《たいけつじたい》は、勝負《しょうぶ》がわかりやすいし順当《じゅんとう》だとおれも思《おも》う。でも問題《もんだい》なのは、場所《ばしょ》とタイミングだ。東京駅《とうきょうえき》の乗車人数《じょうしゃにんずう》が、一日《にち》で平均何人《へいきんなんにん》か知《し》ってるか？」

「一日《にち》……？」

クリスが、考《かんが》えこむように宙《ちゅう》を見上《みあ》げる。すみれは、う〜んとうなりながら渋《しぶ》い顔《かお》になった。

「東京駅《とうきょうえき》で電車《でんしゃ》に乗《の》る人《ひと》の数《かず》ってことだよね。ええっと、すっごいたくさんだから」

「……一万人《まんにん》くらい？」

「一日《にち》だけで約四十万人《やくまんにん》だ。乗降者人数《じょうこうしゃにんずう》は通常《つうじょう》だと二倍《ばい》するから約《やく》八十万人《まんにん》。ゴールデンウィークだと利用者数《りようしゃすう》は跳《は》ねあがって——百万人《まんにん》は軽《かる》く超《こ》えるだろうな」

「ひゃひゃひゃ、ひゃくまんにん!?」

健太《けんた》が、大声《おおごえ》を上《あ》げながら座席《ざせき》から飛《と》びあがる。近《ちか》くにいた人《ひと》から白《しろ》い目《め》で見《み》られて、ぺこぺこと慌《あわ》てて頭《あたま》を下《さ》げた。

「ごめん、ついびっくりしてさあ。でも光一《こういち》、百万人《まんにん》ってどれくらい？　えーっと、うちのクラスが三十人《にん》くらいだから……」

「ちなみに、日本《にほん》で一番人気《いちばんにんき》のある遊園地《ゆうえんち》のテーマパーク来場者数《らいじょうしゃすう》は一日平均《にちへいきん》八万人《まんにん》で、百万人《まんにん》だとその十二・五倍《ばい》だ。まあ、駅《えき》はテーマパークと比《くら》べて滞在時間《たいざいじかん》が短《みじか》いから、簡単《かんたん》に比較《ひかく》はできないけど」

「あのテーマパークの十倍以上《ばいいじょう》……」

「百万分《まんぶん》の一人《ひとり》を、時間内《じかんない》に五人《にん》で見《み》つけないといけない」

全員《ぜんいん》がしんとして、ガタンガタンと電車《でんしゃ》の音《おと》がはっきりと聞《き》こえる。

すみれが、目《め》を泳《およ》がせながらなんとか口《くち》を開《あ》けた。

「ええっと、でも五人《にん》で分担《ぶんたん》して見《み》て回《まわ》ればなんとかなるんじゃない？　電車《でんしゃ》に乗《の》って逃《に》げたり、駅《えき》から出《で》たりは禁止《きんし》っていうルールなんだし」

「ちなみに、東京駅《とうきょうえき》の総面積《そうめんせき》は十八万《まん》二千平方《へいほう》メートルで、電車《でんしゃ》のホーム数《すう》は二十八本《ぼん》だ」

「徳川《とくがわ》くん、よく覚《おぼ》えてるわね……」

「あーもう！　だから、暗《くら》くなる情報《じょうほう》はいいってば！」

そう言《い》ったって、事実《じじつ》は事実《じじつ》だ。

光一《こういち》は、額《ひたい》に手《て》を当《あ》てて体《からだ》を折《お》る。和馬《かずま》の静《しず》かな声《こえ》が、少《すこ》し離《はな》れたところから降《ふ》りそそいだ。

「……こうならないように、連絡《れんらく》を絶《た》とうと思《おも》った」

和馬《かずま》はドアを見《み》つめて立《た》っている。外《そと》は暗《くら》くなりかけていて、無表情《むひょうじょう》な顔《かお》がドアのガラスに映《うつ》った。

「最近《さいきん》、世界一《せかいいち》クラブで事件《じけん》を解決《かいけつ》したり、児童会室《じどうかいしつ》に集《あつ》まったりするために、訓練《くんれん》の日《ひ》や時間《じかん》をずらしてもらっていたんだ。そしたらじいさんが、オレが何《なに》かよからぬことをやっているんじゃないかって疑《うたが》いはじめて」

「それで、あんなに警戒《けいかい》してたのか」

光一《こういち》の言葉《ことば》に、和馬《かずま》はこくりとうなずいた。

「じいさんは、忍《しの》びとしてはすごい人《ひと》だが、変人《へんじん》でもある。学校《がっこう》の中《なか》に忍《しの》びこんで、調査《ちょうさ》だってやりかねない。そこでオレと接触《せっしょく》しているのを見《み》られれば、みんなにも迷惑《めいわく》がかかるのは予測《よそく》できた」

「それで、わたしたちを避《さ》けていたってこと……？」

和馬《かずま》が静《しず》かに振《ふ》りかえる。けれど、視線《しせん》は車両《しゃりょう》の反対側《はんたいがわ》へ、そらされたままだ。

「それに、あのままだと世界一《せかいいち》クラブをやっていることにも気《き》づかれてしまうから……」

和馬《かずま》の声《こえ》が、小《ちい》さくなって途切《とぎ》れる。

電車《でんしゃ》が、ガタンと大《おお》きく鳴《な》った。

それは、風早《かざはや》もまだ世界一《せかいいち》クラブの活動《かつどう》が、続《つづ》けたいってことだよな？

「――それって」

「でも、それって水臭《みずくさ》くない？」

電車《でんしゃ》の騒音《そうおん》の合間《あいま》に、すみれがくちびるをとがらせた。

「困《こま》ってるんだったら、和馬《かずま》だって、もっとあたしたちを頼《たよ》ってよ」

「……オレの個人的《こじんてき》な事情《じじょう》で、迷惑《めいわく》をかけたくなかった」

「でも、みんなで迷惑《めいわく》かけあいながら助《たす》けあうのが、チームでしょ⁉」

すみれはつり革《かわ》から手《て》を放《はな》して、びしっと和馬《かずま》に指《ゆび》を突《つ》きつけた。

「和馬《かずま》は忍《しの》びだから、今《いま》まで一人《ひとり》で活動《かつどう》することが多《おお》かったのかもしれないけど、今《いま》は世界一《せかいいち》クラブってチームなんだからさ」

「……だが」

「ぼぼぼ、ぼくも、和馬《かずま》くんに頼《たよ》ってもらえたらうれしいな！」

「それに……このままだと、風早《かぜはや》くんは世界一《せかいいち》クラブで活動《かつどう》できなくなるんでしょう？　わたしも、それは……いや、だから」

健太《けんた》が、両手《りょうて》をにぎりながら和馬《かずま》につめよる。クリスがちらりと光一《こういち》を見《み》やった。

考《かんが》えることは、だいたいみんな同《おな》じってことか。

光一《こういち》は、珍《めずら》しくとまどった顔《かお》をした和馬《かずま》を見《み》つめた。

風早《かざはや》がおれたちを心配《しんぱい》してくれるのと同《おな》じくらい、風早《かざはや》が頼《たよ》ってくれるのも、おれはうれしい。

それに、おれだって風早《かざはや》には辞《や》めてほしくない。

直接《ちょくせつ》そう言《い》うのは、ここだとちょっと恥《は》ずかしいけど……。

光一《こういち》は腕《うで》を組《く》むと、和馬《かずま》を横目《よこめ》で見上《みあ》げた。

「世界一《せかいいち》クラブの活動《かつどう》をやるかどうかは、風早《かざはや》が自分《じぶん》で決《き》めることだ。じいさんだろうと、勝手《かって》に他人《たにん》から、あれがダメだとか、これがダメだとか、頭《あたま》ごなしに決《き》められるのは納得《なっとく》できない。

それに、おれはあのじいさんにばかにされてイラッとしたから、一回《かい》くらいぶちのめすのも悪《わる》くないだろ」

「そうそう。あのおじいちゃんとの対決《たいけつ》は、そのうちやらなきゃいけなかったってことでしょ？　それなら、今《いま》サクッと倒《たお》しちゃおうよ。だいじょうぶだって、光一《こういち》がまた、いい作戦《さくせん》をドーンと考《かん》えてくれるから」

すみれのやつ、そうやってまたおれに全部押《ぜんぶお》しつけようとしてないか？

まあ、勝負《しょうぶ》をしかけたのはおれなんだけど。

とにかく、二重《にじゅう》の意味《いみ》で、あのじいさんには絶対《ぜったい》に負《ま》けられないな。

「ところで、あのじいさんは実際《じっさい》、どれくらい強《つよ》いんだ？」

「オレは、今《いま》まで一度《いちど》も勝《か》ったことがない」

和馬《かずま》のそっけない返事《へんじ》に、全員《ぜんいん》が石《いし》のように固《かた》まる。みんな、かろうじて言葉《ことば》をしぼりだした。

「へっ？」

「風早《かざはや》くんが……」

「勝《か》ったことがないの？」

「一度《いちど》も、か!?」

光一《こういち》が思《おも》わず身《み》を乗《の》りだすと、和馬《かずま》は驚《おどろ》いたようにわずかに上体《じょうたい》をそらした。

「あ……ああ。子《こ》どものころから、何度《なんど》も勝負《しょうぶ》したが、今《いま》のところ全敗《ぜんぱい》だ。純粋《じゅんすい》な追《お》いかけあい、技《わざ》のかけあいでも、だめだ」

「ししし、信《しん》じられないくらい足《あし》の速《はや》い和馬《かずま》くんでも!?」

さっき風早《かざはや》を不意《ふい》打《う》ちで取《と》りおさえるのでも、五人《にん》がかりだったんだぞ!?

「じいさんは、オレの忍《しの》びの師匠《ししょう》だ。風早家《かざはやけ》の代々《だいだい》の忍《しの》びの中《なか》でも突出《とっしゅつ》した実力《じつりょく》を持《も》っていて、影《かげ》ながら〈伝説《でんせつ》の忍《しの》び〉と呼《よ》ばれている。すべての技能《ぎのう》に習熟《しゅうじゅく》していて、変装《へんそう》も得意《とくい》だ。今回《こんかい》の勝負《しょうぶ》のような、人《ひと》が多《おお》いところでの逃走《とうそう》は、特《とく》にうまい」

「何《なに》か、弱点《じゃくてん》はないのか？」

「オレには思《おも》い当《あ》たることはない。いろんな人《ひと》が挑戦《ちょうせん》してきたが、じいさんがやられるのはほとんど見《み》たことがない」

「ほとんどってことは、何回《なんかい》かは負《ま》けてたんだよな？」

「くのいちの……女性《じょせい》の忍《しの》びの色《いろ》じかけに」

……それは、参考《さんこう》にならない。

光一《こういち》は、今日《きょう》もっとも重《おも》たいため息《いき》をつきながら、頭《あたま》を抱《かか》えた。

あのじいさん！　予想《よそう》はしてたけど、めちゃくちゃこっちが不利《ふり》じゃないか。

正面《しょうめん》に立《た》ったすみれが、心配《しんぱい》そうに光一《こういち》の顔《かお》をのぞきこんだ。

「えーっと、なんかいい方法《ほうほう》ありそう？」

「……明日《あした》までに、考《かんが》えてくる」

光一《こういち》は、腕時計《うでどけい》にちらっと目《め》をやる。もう少《すこ》しで、さっき寝《ね》てから三時間《じかん》か。

勝負《しょうぶ》は、明日《あした》の十一時開始《じかいし》だ。今日《きょう》は、作戦《さくせん》を考《かんが》えるために夜更《よふ》かしになりそうだし――。

「駅《えき》に着《つ》いたら、起《お》こしてくれ」

寝《ね》てる間《あいだ》に、いい作戦《さくせん》を思《おも》いつけばいいけど。

光一《こういち》は、顔《かお》をしかめながら腕《うで》を組《く》むと、がくりとうなだれる。そして、周《まわ》りの大人《おとな》が驚《おどろ》く前《まえ》で、すぐに寝息《ねいき》を立《た》てはじめたのだった。

8 待《ま》ち合《あ》わせは東京駅《とうきょうえき》

「眠《ねむ》い……」

丸《まる》の内側《うちがわ》の出口《でぐち》から外《そと》に出《で》た光一《こういち》は、強《つよ》く照《て》りつける昼《ひる》の陽《ひ》の光《ひかり》をまぶしそうに見上《みあ》げた。

昨日《きのう》の夕方《ゆうがた》、達蔵《たつぞう》と勝負《しょうぶ》の約束《やくそく》をして家《いえ》に帰《かえ》って、作戦《さくせん》を考《かんが》えて。

あっという間《ま》に当日《とうじつ》だ。

朝《あさ》のうちにみんなで最寄《もよ》り駅《えき》に集合《しゅうごう》して、電車《でんしゃ》で東京駅《とうきょうえき》までやってきた。

出口《でぐち》から光一《こういち》を追《お》いぬいて飛《と》びだしたすみれは、レンガ造《づく》りの駅舎《えきしゃ》の前《まえ》にある広場《ひろば》で、両手《りょうて》を広《ひろ》げてくるりと回《まわ》った。

「東京駅《とうきょうえき》とうちゃーくっ！　思《おも》ったより見晴《みは》らしいいね。駅《えき》もめっちゃきれいだし。そうだ！　クリス、写真撮《しゃしんと》ろうよ」

「い、いいけど……」

「やった！　あっ、クリスといっしょの写真《しゃしん》って、初《はじ》めてかも」

すみれが、東京駅《とうきょうえき》の駅舎《えきしゃ》を背景《はいけい》に、スマホでクリスと写真《しゃしん》を撮《と》りはじめる。

東京駅前《とうきょうえきまえ》の広場《ひろば》には、ゴールデンウィーク初日《しょにち》ということもあって、すでに人《ひと》がいっぱいだ。観光客《かんこうきゃく》や、東京駅《とうきょうえき》から地方《ちほう》へ帰省《きせい》する人《ひと》たちで、ごったがえしている。

……大変《たいへん》な勝負《しょうぶ》になりそうだな。

光一《こういち》は、なんとか空《あ》いていたベンチに座《すわ》り、持《も》ってきたバッグを膝《ひざ》にのせる。ため息《いき》をついていると、和馬《かずま》の横《よこ》から健太《けんた》がひょっこりと顔《かお》を出《だ》した。

「光一《こういち》、目《め》の下《した》にクマができてるけど、だいじょうぶ？　昨日《きのう》、何時《なんじ》に寝《ね》たの？」

「覚《おぼ》えてない……」

インターネットで調《しら》べて、東京駅《とうきょうえき》の構内図《こうないず》は頭《あたま》にたたきこんだ。それに加《くわ》えて、何《なに》か作戦《さくせん》に役《やく》立《だ》つことはないかと、家《いえ》にある本《ほん》を読《よ》みなおしたりして――。

三時間《じかん》に一度《ど》は寝《ね》る体質《たいしつ》のおかげで、徹夜《てつや》にはならないんだけど、その代《か》わり体内時計《たいないどけい》がめちゃくちゃだ。

でも、弱音《よわね》を吐《は》いてる場合《ばあい》じゃない。

光一《こういち》は四人《にん》を連《つ》れて、少《すこ》し北《きた》へ移動《いどう》する。達蔵《たつぞう》と待《ま》ち合《あ》わせをしているのは、丸《まる》の内側《うちがわ》の北口《きたぐち》改札《かいさつ》だ。ひさしを潜《くぐ》って中《なか》に入《はい》ると、広場《ひろば》と同《おな》じように北口《きたぐち》にも人《ひと》ごみができている。

「今日《きょう》の対決場所《たいけつばしょ》になるのは、この東京駅《とうきょうえき》だ」

人《ひと》ごみの間《あいだ》になんとか五人分《にんぶん》のスペースを確保《かくほ》して、光一《こういち》は言《い》った。

「東京駅《とうきょうえき》は、一九一四年開業《ねんかいぎょう》。以来《いらい》、新幹線《しんかんせん》や特急《とっきゅう》、在来線《ざいらいせん》などたくさんの路線《ろせん》が走《はし》っている歴《れき》史《し》ある駅《えき》だ。だから、東京駅《とうきょうえき》ならではの、かくしスポットがある」

「かくしスポット……？」

クリスが、不思議《ふしぎ》そうに首《くび》をひねる。光一《こういち》は、改札《かいさつ》の奥《おく》へ目《め》を向《む》けた。

「大正時代《たいしょうじだい》に内閣総理大臣《ないかくそうりだいじん》の原敬《はらたかし》、昭和《しょうわ》の初《はじ》めに首相《しゅしょう》の浜口雄幸《はまぐちおさち》が東京駅《とうきょうえき》で襲撃《しゅうげき》された場所《ばしょ》が残《のこ》っているんだ。それぞれ、丸《まる》の内南口《うちみなみぐち》と中央通路《ちゅうおうつうろ》の床《ゆか》に、黒《くろ》と白《しろ》のマークが入《はい》ってる」

「ぜんぜん知《し》らなかったわ。小《ちい》さな飾《かざ》りにも意味《いみ》があるのね」

「光一《こういち》。それって昨日調《きのうしら》べなおしたから、つい説明《せつめい》したくなっただけじゃない？」

うっ。すみれのやつ、痛《いた》いところつくな。

光一《こういち》は、少《すこ》しむっとしながらも天井《てんじょう》に向《む》かって顔《かお》を上《あ》げた。

「……ちなみに、レンガ造《づく》りの駅舎《えきしゃ》は国《くに》の重要文化財《じゅうようぶんかざい》に指定《してい》されていて、二〇一二年《ねん》に、開業当《かいぎょうとう》時《じ》のままの建物《たてもの》に復元《ふくげん》されたんだ。特《とく》に、南北《なんぼく》の改札《かいさつ》にあるこのドーム形《がた》の天井《てんじょう》は有名《ゆうめい》で……って」

だれかが、漆喰《しっくい》のドームの下《した》に張《は》られたネットにつかまっている。

風早《かざはや》の、じいさん!?

人《ひと》ごみの上《うえ》から、笑顔《えがお》の達蔵《たつぞう》が光一《こういち》たちに手《て》を振《ふ》っていた。

「じいさ――」

「おおっと」

指《ゆび》を差《さ》した瞬間《しゅんかん》、達蔵《たつぞう》がひらりと下《お》りてくる。

大声《おおごえ》を上《あ》げる前《まえ》に、さっと口《くち》をふさがれた。

「人《ひと》がたくさんおるところで、騒《さわ》いじゃいかんぞ」

そういう問題《もんだい》じゃないだろ。

っていうか、壁《かべ》を登《のぼ》るのは風早家《かざはやけ》の伝統《でんとう》なのか!?

怒《いか》りをこめてにらみあげると、達蔵《たつぞう》は光一《こういち》から、ぱっと手《て》を離《はな》した。

「人《ひと》が多《おお》かったから、上《うえ》から探《さが》したほうが早《はや》かったんじゃよ。いやあ、今日《きょう》はいつにも増《ま》してすごい人出《ひとで》じゃなあ。のう、光一《こういち》」

おい、じいさん。呼《よ》びすてにしていいなんて、言《い》った覚《おぼ》えはないぞ。

光一《こういち》は達蔵《たつぞう》からの呼《よ》びかけを無視《むし》して、ポケットに手《て》を突《つ》っこむ。準備《じゅんび》しておいた切符《きっぷ》を取《と》りだすと、一枚《まい》ずつ配《くば》った。

「それじゃあ、ルールの説明《せつめい》をする。今日《きょう》の勝負《しょうぶ》の内容《ないよう》は、東京駅《とうきょうえき》での鬼《おに》ごっこ。範囲《はんい》は、在来《ざいらい》線《せん》の改札《かいさつ》の中《なか》だけ。構内《こうない》には、この入場券《にゅうじょうけん》を使《つか》って入《はい》る。電車《でんしゃ》には乗《の》れないから、注意《ちゅうい》してくれ」

「へえ！　これだけで中《なか》に入《はい》れるんだね」

健太《けんた》が、渡《わた》された切符《きっぷ》を物珍《ものめずら》しそうにひらひらと揺《ゆ》らした。

「わしの分《ぶん》はないのか？」

「自分《じぶん》で行列《ぎょうれつ》に並《なら》んで買《か》ってきてくれ。大人《おとな》だろ」

「まったく、かわいげがないのう」

このじいさん、何《なに》か一言《ひとこと》言《い》わなきゃ気《き》がすまないのか？

達蔵《たつぞう》が、長蛇《ちょうだ》の列《れつ》ができている券売機《けんばいき》に並《なら》びに行《い》く。光一《こういち》は、それを横目《よこめ》で確認《かくにん》すると、四人《にん》に顔《かお》を寄《よ》せた。

「入場券《にゅうじょうけん》は二時間《じかん》しか使《つか》えない。今回《こんかい》の対決《たいけつ》は四時間《じかん》だから、外《そと》に出《で》る時《とき》にもう一枚分《まいぶん》お金《かね》をはらう。それと、これを持《も》っててくれ」

光一《こういち》は、手《て》に持《も》っていたバッグから、ごそごそとインカムを引《ひ》っぱりだす。クリスが、きらきらした大《おお》きな瞳《ひとみ》を見開《みひら》いた。

「それ、どうしたの……？」

「学校行事《がっこうぎょうじ》で先生《せんせい》が使《つか》うやつを借《か》りてきた。児童会室《じどうかいしつ》に置《お》いてあるのを、カギをもらった日《ひ》に見《み》つけておいたから」

「これがあれば、バラバラになっても五人同時《にんどうじ》に連絡《れんらく》がとれるわけね」

「それで今日《きょう》はどんな作戦《さくせん》なんだ？」

和馬《かずま》が、渡《わた》されたインカムのヘッドセットを耳《みみ》に着《つ》けながら、ぽつりと言《い》った。

「あー、それは……」

口《くち》ごもりながら、光一《こういち》は券売機《けんばいき》の行列《ぎょうれつ》を再確認《さいかくにん》する。財布《さいふ》を持《も》った達蔵《たつぞう》の前《まえ》には、三人《にん》の観光客《かんこうきゃく》。券売機《けんばいき》までは、あと一息《ひといき》だ。

……どうするか。

「早《はや》くしないと、和馬《かずま》のおじいちゃんが戻《もど》ってきちゃうじゃん」

すみれが、横《よこ》から光一《こういち》の肩《かた》を揺《ゆ》さぶる。手《て》に持《も》っていたバッグが、ばたばたと音《おと》を立《た》てた。

「わかった！　それじゃあ、今日《きょう》の作戦《さくせん》を説明《せつめい》する」

その言葉《ことば》に、みんながさらに半歩《はんぽ》、光一《こういち》に近《ちか》づく。真剣《しんけん》な表情《ひょうじょう》で、耳《みみ》をそばだてた。

「北口《きたぐち》の改札《かいさつ》を入《はい》ったところで、勝負開始《しょうぶかいし》になる。スタートのときはじいさんもいっしょだから、捕《つか》まえる絶好《ぜっこう》のチャンスだ。できれば、スタート直後《ちょくご》に捕《つか》まえたい。全力《ぜんりょく》で追《お》いかけていい。五人《にん》がかりで捕《つか》まえる」

「了解《りょうかい》！　サクッと捕《つか》まえちゃえば、あとは東京駅観光《とうきょうえきかんこう》できるね」

「まあな」

しかし、あのじいさんが、そんな簡単《かんたん》に捕《つか》まえさせてくれるとは思《おも》えないけど。

光一《こういち》は、準備《じゅんび》してきた駅《えき》の地図《ちず》を配《くば》ってから、全員《ぜんいん》が見《み》えるように一枚《まい》だけ大《おお》きく広《ひろ》げる。現在地《げんざいち》の丸《まる》の内北口《うちきたぐち》にとんと指《ゆび》を置《お》くと、通路《つうろ》をなぞるように、指先《ゆびさき》を改札《かいさつ》から中《なか》へすべらせた。

「もしスタート直後《ちょくご》に捕《つか》まえられなかったら、分担《ぶんたん》して構内《こうない》を見回《みまわ》りする。すみれは一階《かい》の北側《きたがわ》、風早《かぜはや》は南側《みなみがわ》。じいさんがエスカレーターや階段《かいだん》でホームへ逃《に》げたら、そのまま追《お》いかけてくれ。健太《けんた》は、新幹線《しんかんせん》の改札付近《かいさつふきん》を見《み》はる。クリスは、地下《ちか》一階《かい》のショッピングゾーンだ」

「徳川《とくがわ》くんは？」

「おれは、一階《かい》の中央通路《ちゅうおうつうろ》をメインに、地上《ちじょう》と地下《ちか》を往復《おうふく》する。地下《ちか》は人《ひと》も多《おお》いから、クリス一人《ひとり》じゃ見回《みまわ》りも大変《たいへん》だと思《おも》うし」

「ああ～、ぼくも地下《ちか》一階《かい》がよかったなあ。食《た》べたいスイーツとか、たくさんあったのに」

健太《けんた》が、残念《ざんねん》そうにがっくりと肩《かた》を落《お》とす。

光一《こういち》は、自分《じぶん》もヘッドセットを耳《みみ》に着《つ》けると、インカムのスイッチを押《お》す。健太《けんた》の泣《な》き言《ごと》が、ガサガサとイヤホンから聞《き》こえた。

「じいさんを見《み》かけたら、インカムで連絡《れんらく》してくれ。近《ちか》くにいた場合《ばあい》は、見《み》はりの範囲《はんい》から移動《いどう》して、協力《きょうりょく》してもいい……あとのくわしい指示《しじ》は、その場《ば》で出《だ》す。これで、説明《せつめい》は終《お》わりだ」

「それだけ？」

インカムの器械《きかい》をいじりながら聞《き》いていたすみれが、きょとんとする。光一《こういち》は、その背後《はいご》をじっとにらみつけた。

「じいさんも帰《かえ》ってきたしな」

「おうおう、待《ま》たせたのう。作戦会議《さくせんかいぎ》は終《お》わったか？　まあ、やったところで結果《けっか》はかわらんがの」

ニヤニヤした達蔵《たつぞう》が、だれともぶつかることなく人《ひと》の波《なみ》をかき分《わ》けながら戻《もど》ってくる。ほおをふくらませたすみれが、ぷいっと顔《かお》を背《そむ》けた。

「あんまりばかにしてると、痛《いた》い目《め》みるんだから」

「ほお。すみれちゃん、それは楽《たの》しみじゃのう」

「こんの〜っ！」

すみれが、腹立《はらだ》たしそうに拳《こぶし》をにぎる。けれど、達蔵《たつぞう》はちっとも気《き》にならないのか、かっかっかと重《かさ》ねて笑《わら》った。

そんなふうに笑《わら》ってられるのも、今《いま》のうちだからな。

「それじゃあ、そろそろ始《はじ》めるかのう」

達蔵《たつぞう》の言葉《ことば》に、和馬《かずま》の肩《かた》がかすかに震《ふる》える。いつもあまり動揺《どうよう》を見《み》せない顔《かお》が、今日《きょう》は少《すこ》し険《けわ》しく見《み》えた。

光一《こういち》は、和馬《かずま》と達蔵《たつぞう》の間《あいだ》に入《はい》るように前《まえ》に出《で》る。自分《じぶん》よりも背《せ》の高《たか》い達蔵《たつぞう》の顔《かお》を見上《みあ》げて、はっきりと言《い》った。

「望《のぞ》むところだ」

光一《こういち》は人《ひと》の波《なみ》に乗《の》って、改札《かいさつ》に並《なら》ぶ。自動改札《じどうかいさつ》の挿入口《そうにゅうぐち》に入場券《にゅうじょうけん》を入《い》れると、閉《し》まりかけていた改札口《かいさつぐち》のドアが、対決開始《たいけつかいし》の合図《あいず》のようにガチャンと音《おと》を立《た》てて開《あ》いた。

9 バトル、開始《かいし》!

駅《えき》の構内《こうない》は、人《ひと》でごったがえしていた。大《おお》きな荷物《にもつ》を持《も》った人《ひと》たちが、ひっきりなしに行《い》きかっている。

……想像以上《そうぞういじょう》に人《ひと》だらけだな。

光一《こういち》は、改札《かいさつ》を抜《ぬ》けるとすぐ左《ひだり》にそれて、少《すこ》しだけ空《あ》いたスペースに逃《のが》れる。そこも、待《ま》ちあわせをしている人《ひと》でいっぱいだ。

「そういえば朝《あさ》のニュースで見《み》たんだけど、今日《きょう》は東京駅《とうきょうえき》を出発《しゅっぱつ》するほとんどの列車《れっしゃ》が、乗車率《じょうしゃりつ》100%を超《こ》える見《み》こみだって……」

ピンクの縁眼鏡《ふちめがね》を押《お》さえながら、クリスが横《よこ》に並《なら》ぶ。続《つづ》いていた健太《けんた》が、後《うし》ろから押《お》されるようにして、転《ころ》げでた。

「ほほほ、ほんとにすごい人《ひと》だよねえ。あれ、和馬《かずま》くんのおじいちゃんは?」

「あそこだ!」

まわりの喧騒《けんそう》に負《ま》けじと、珍《めずら》しく大《おお》きな声《こえ》を出《だ》した和馬《かずま》が、人《ひと》ごみの一点《いってん》を指《さ》す。中央通路《ちゅうおうつうろ》へと向《む》かう人波《ひとなみ》の中《なか》に、白髪《しらが》がちらりとのぞいていた。

「待《ま》てっ！」

すみれが、その後《うし》ろ姿《すがた》めがけて走《はし》りだす。

人《ひと》ごみの中《なか》に一歩《いっぽ》踏《ふ》みこんだ瞬間《しゅんかん》、小柄《こがら》なすみれの体《からだ》は、あっという間《ま》に大人《おとな》たちの身長《しんちょう》に飲《の》みこまれた。

「えっと……すみれ、だいじょうぶ？」

クリスが、たどたどしく声《こえ》をかける。人《ひと》の間《あいだ》から、ばたばたと手《て》が突《つ》きだすのと同時《どうじ》に、甲高《かんだか》い声《こえ》がとどろいた。

「人《ひと》が多《おお》くて！　ぜんっぜん、前《まえ》が見《み》えないんだけど！」

「すみれには、けっこう不利《ふり》だね……」

健太《けんた》が、あははと苦笑《にがわら》いを浮《う》かべた。

……しょうがないな。

「すみれ。そこから正面《しょうめん》に三メートル、右《みぎ》に二メートルの位置《いち》にいるぞ」

「そんな、距離《きょり》を数字《すうじ》で言《い》われてもわかんないってば〜！」

「すみれの身長《しんちょう》だと、正面《しょうめん》に四歩半《ほはん》、右《みぎ》に三歩《ぼ》だ」

「なんであたしの歩幅《ほはば》がわかるの!?」

「歩幅《ほはば》の目安《めやす》は、身長《しんちょう》に0・45を掛《か》ければ求《もと》められるから――」

ヒュッ
横《よこ》を、だれかがものすごい勢《いきお》いですり抜《ぬ》ける。その人影《ひとかげ》は、すばやくその場《ば》にかがみこむと、バネのようにしなやかにジャンプして――。

和馬《かずま》が一点《いってん》を見《み》つめたまま、人《ひと》ごみのさらに上《うえ》へ舞《ま》いあがっていた。

たしかに「全力《ぜんりょく》で追《お》いかけていい」って言《い》ったけど。

あんぐりとする光一《こういち》たちをしり目《め》に、和馬《かずま》はそのまま手近《てぢか》な柱《はしら》をトントンと渡《わた》って、達蔵《たつぞう》に迷《まよ》わず近《ちか》づいていく。

あまりの早業《はやわざ》に、周囲《しゅうい》にいた人《ひと》たちもほとんど気《き》づかない。ただ、何《なに》かが通《とお》りすぎたような気《き》がすると、顔《かお》を上《あ》げる人《ひと》が何人《なんにん》かいただけだ。

どこから出《だ》したのか、いつの間《ま》にか和馬《かずま》の手《て》には、長《なが》い縄《なわ》がするりとにぎられていた。

「つ――!」

最後《さいご》の柱《はしら》から跳躍《ちょうやく》した和馬《かずま》が、達蔵《たつぞう》めがけて着地《ちゃくち》する。

捕《と》らえた⁉

ドサッ！

はやる気持《きも》ちを抑《おさ》えながら、光一《こういち》が人《ひと》をかき分《わ》けて進《すす》むと、和馬《かずま》の姿《すがた》が見《み》えてくる。下敷《したじ》きになっている人《ひと》を見《み》て、目《め》をむいた。

別人《べつじん》⁉　でも、じいさんはさっきまで、そこにいたはずなのに。

「あいたたた……何《なに》が起《お》きたんだ」

間違《まちが》って縛《しば》りあげられた若《わか》い男《おとこ》の人《ひと》が、首《くび》をかしげながら体《からだ》をひねる。

和馬《かずま》は、気《き》づかれる前《まえ》にあっという間《ま》に縄《なわ》を解《ほど》くと、申《もう》し訳《わけ》なさそうに手《て》を差《さ》しのべた。

「……すみません」

「え？　ああ、いや助《たす》かったよ。人《ひと》に押《お》されて、倒《たお》れちゃったみたいで」

「いや……けがをされなくて、よかった」

和馬《かずま》が気《き》まずそうにしながら、男《おとこ》の人《ひと》に向《む》かってもう一度《いちど》頭《あたま》を下《さ》げる。

隣《となり》にいた人《ひと》を自分《じぶん》の身代《みが》わりに使《つか》う。容赦《ようしゃ》ないやり口《くち》が、あのじいさんらしい。

これが、伝説《でんせつ》の忍《しの》びの実力《じつりょく》ってことか。

でも、肝心《かんじん》のじいさんはどこに――。

「あれ！」

なんとか人《ひと》ごみを抜《ぬ》けたすみれは、一目散《いちもくさん》に走《はし》りだす。ちょうど、ホームへと続《つづ》くエスカレーターへ、達蔵《たつぞう》の後《うし》ろ姿《すがた》が吸《す》いこまれていくところだった。

あたしが捕《つか》まえる！

達蔵《たつぞう》の後《あと》を追《お》ってエスカレーターの下《した》にたどりついたすみれは、ホームを見上《みあ》げた。

エスカレーターは、光一《こういち》に渡《わた》された地図《ちず》から想像《そうぞう》していたよりも長《なが》い。しかも、人《ひと》がすき間《ま》なく列《れつ》になっている。前《まえ》の人《ひと》を追《お》いぬいて上《のぼ》るのは無理《むり》そうだ。

あーっ、急《いそ》いで追《お》いかけたいのに！

しぶしぶ、大人《おとな》しくエスカレーターに一歩《いっぽ》乗《の》りこんだとき、耳《みみ》に着《つ》けていたイヤホンから、音《おと》がもれた。

ガッ……ザザザ
『すみれ、聞《き》こえるか？　今《いま》、どうなってる？』

聞《き》きなれた、落《お》ちついた声《こえ》。光一《こういち》だ。

「えっと、エスカレーターに乗《の》って追《お》いかけてるとこ」

『追《お》いつけそうか？』

すみれは、試《ため》しに、きょろきょろと前《まえ》の人《ひと》の左右《さゆう》から顔《かお》を出《だ》したり、ぴょんぴょんと飛《と》びはねたりしてみる。でも、上《うえ》の様子《ようす》はほとんどわからない。

斜《なな》め前《まえ》に乗《の》っていたおじさんが、何事《なにごと》かとすみれを不審《ふしん》そうに振《ふ》りかえった。

「うーん、ダメそう。人《ひと》が多《おお》いから走《はし》って上《のぼ》れないし、前《まえ》も見《み》えないし。今《いま》、半分《はんぶん》を過《す》ぎたところだから、もう少《すこ》しでホームに出《で》られそうだけど――」

トントン

「ん？」

右肩《みぎかた》を軽《かる》く叩《たた》かれて、すみれはしゃべりながら振《ふ》りむく。

右側《みぎがわ》にあるのは、下《くだ》りのエスカレーターだけど……。

「あ――――っ!?」

しわの入《はい》った手《て》が、はっきりと見《み》える。下《くだ》りのエスカレーターに乗《の》った達蔵《たつぞう》が、数《すう》メートル先《さき》で、下《した》からひらひらと手《て》を振《ふ》っていた。しかも、わざとらしいくらいにんまりと、満面《まんめん》の笑《え》みだ。

ばかにして～!!

『すみれ、大声《おおごえ》出《だ》すな！　インカムは全員《ぜんいん》に聞《き》こえてるんだから耳《みみ》が痛《いた》くなるだろ！』

「でも、和馬《かずま》のおじいちゃんが今《いま》、あっちに！」

『頼《たの》むから、もう少《すこ》しわかりやすく具体的《ぐたいてき》に説明《せつめい》してくれ』

「えーっと、だから、おじいちゃんが手《て》を振《ふ》ってて……」

う〜。案外《あんがい》、見《み》たことを言葉《ことば》だけで説明《せつめい》するのってむずかしい！

返事《へんじ》に迷《まよ》っている間《あいだ》にも、下《くだ》りのエスカレーターに乗《の》った達蔵《たつぞう》の姿《すがた》が、段々《だんだん》と遠《とお》ざかっていく。

下《くだ》りきるのも時間《じかん》の問題《もんだい》だ。

「あーもうっ！」

自分《じぶん》で追《お》いかけたほうが早《はや》い！

すみれは、エスカレーターの手《て》すりに両手《りょうて》をかける。

上《のぼ》りと同《おな》じように、下《くだ》りも人《ひと》でいっぱいだ。

……本当《ほんとう》は絶対《ぜったい》やっちゃだめなんだけど、和馬《かずま》を世界一《せかいいち》クラブに引《ひ》きとめるためだし！

意《い》を決《けっ》して、二つのエスカレーターの間《あいだ》に、ひょいと飛《と》びのった。

後《うし》ろ足《あし》で、ぐっと勢《いきお》いをつける。つるりとしたステンレスの傾斜《けいしゃ》を、スノーボードでもするみたいに一気《いっき》にすべりおりた。

「待《ま》て〜っ！」

すみれが追《お》いかけてきたことに気《き》づいて、達蔵《たつぞう》はひょいひょいと器用《きよう》に人《ひと》の間《あいだ》を抜《ぬ》けて、エスカレーターを歩《ある》いて下《お》りはじめる。

すみれも腰《こし》をかがめて、さらにすべる速度《そくど》を上《あ》げた。倒《たお》れないようにバランスを取《と》りながら、一気《いっき》に達蔵《たつぞう》へと近《ちか》づく。

もうちょっと……！

タッチの差《さ》で先《さき》に一階《かい》へ降《お》りたった達蔵《たつぞう》が、左《ひだり》へ走《はし》りさる。すみれは、エスカレーターの間《あいだ》からジャンプし一回転《かいてん》して着地《ちゃくち》すると、後《あと》を追《お》って勢《いきお》いよく角《かど》を曲《ま》がった。

ドンッ!!

「いたっ！」

よく前《まえ》を見《み》ていなかったせいで、通路《つうろ》をやってきた人《ひと》にぶち当《あ》たる。すみれも相手《あいて》の男《おとこ》の人《ひと》も、反動《はんどう》で後《うし》ろに尻《しり》もちをついた。

弾《はじ》きとばされた大《おお》きなグレーのスーツケース

が、ごろごろと鈍《にぶ》い音《おと》を立《た》てながら、通路《つうろ》へ転《ころ》がっていく。

あっ、荷物《にもつ》！　大変大変《たいへんたいへん》。

すみれは血相《けっそう》を変《か》えながら倒《たお》れたスーツケースに近《ちか》づいて、思《おも》いっきり引《ひ》っぱりあげた。

「ごめんなさい！　えっと、壊《こわ》れてないよね……」

「おい！　何《なに》やってるんだ」

トレーナーを着《き》たスーツケースの持《も》ち主《ぬし》が、顔《かお》を真《ま》っ青《さお》にして近《ちか》づいてくる。よく見《み》ると、ものすごく背《せ》が高《たか》くて、肩幅《かたはば》も広《ひろ》い。

男《おとこ》は一瞬《いっしゅん》、すみれをにらみつけたものの、スーツケースに飛《と》びついた。

どうしたんだろ。すっごく大事《だいじ》なものでも入《はい》ってるとか？

「もしかして、弁償《べんしょう》とかしたほうがいいですか？」

「ああっ、触《さわ》るな！　もういいから！」

持《も》ち主《ぬし》の男《おとこ》が、すみれを突《つ》きとばすように、ぐいっとスーツケースを引《ひ》ったくる。連《つ》れなのか、近《ちか》づいてきた男《おとこ》たちに向《む》かって、言葉少《ことばすく》なに言《い》った。

「だいじょうぶだ。行《い》こう」

こちらを振《ふ》りかえりもせずに、四人《にん》の男《おとこ》たちは並《なら》んで立《た》ちさっていく。

……なんだか、かんじ悪《わる》い。

「すみれ、けがはなかった……？」

騒《さわ》ぎに気《き》づいて、クリスが階段《かいだん》の前《まえ》から、心配《しんぱい》そうに走《はし》ってくる。光一《こういち》や和馬《かずま》、健太《けんた》も一緒《いっしょ》だ。

「あたしは、だいじょうぶ。スーツケースはどうかわからないけど」

すみれは、足早《あしばや》に去《さ》っていく男《おとこ》たちの後《うし》ろ姿《すがた》に向《む》かって、首《くび》をすくめてみせた。

「でも、あんなにトゲトゲしく言《い》わなくてもいいのに。そりゃあ、悪《わる》かったのはあたしだけどさ」

「それで、肝心《かんじん》のじいさんは？」

「え？」

おそるおそる、まわりを見《み》まわしてみる。さっきよりもたくさんの人《ひと》が、中央《ちゅうおう》の通路《つうろ》を行《い》き来《き》していた。

その中《なか》に、白髪《はくはつ》の人《ひと》は何人《なんにん》かいるけれど、探《さが》している姿《すがた》はない。

「えーっと……逃《に》がしちゃった？」

「最初《さいしょ》の作戦《さくせん》は、失敗《しっぱい》か」

光一《こういち》がこめかみに手《て》を当《あ》てながら、ため息《いき》をつく。その横《よこ》で、すみれは苦笑《にがわら》いでほおをかいた。

10 怪《あや》しい光一《こういち》？

インカムの音《おと》がしっかりと聞《き》こえるように、クリスは三《み》つ編《あ》みを耳《みみ》にかけて、ヘッドセットを着《つ》けなおす。タイミングを狙《ねら》ったかのように、力強《ちからづよ》い音声《おんせい》が響《ひび》いた。

『こちら光一《こういち》。今《いま》、中央通路《ちゅうおうつうろ》の正面《しょうめん》にいる。もうすぐ一時間《じかん》たつけど、だれかじいさんを見《み》かけたか？』

『風早《かざはや》だ。今《いま》は一階《かい》の南側《みなみがわ》を探《さが》している。一度《ど》、通路《つうろ》で見《み》かけて追《お》いかけたが、ホームに上《あ》がったところで見失《みうしな》った。それ以降《いこう》は、それらしい人影《ひとかげ》はなしだ』

『こちら、すみれ！　今《いま》、六番《ばん》ホームに上《あ》がってみたんだけど、和馬《かずま》のおじいちゃんっぽい人《ひと》は……ああ！』

ドタン、ガタン！

……ガシャーン！

耳《みみ》をつんざくような、騒々《そうぞう》しい音《おと》が聞《き》こえて、クリスは思《おも》わず、ぎゅっと目《め》をつぶった。

『もしかして、捕《つか》まえたのか!?』

『うーん、ごめん。知《し》らないおじいちゃんだった』

あはは、とすみれが苦笑《にがわら》いする。少《すこ》し気《き》の抜《ぬ》けたような、光一《こういち》の声《こえ》が続《つづ》いた。

『……ちゃんと謝《あやま》っとけよ。健太《けんた》はどうだ？』

『…………』

『健太《けんた》？』

『あっ、ぼく!?　ちゃ、ちゃんと新幹線《しんかんせん》の改札《かいさつ》の近《ちか》くで見《み》はってるよ!?』

『見《み》はってるかどうかじゃなくて、じいさんを見《み》たかどうかなんだけど』

『ええっと、見《み》てないよ。いや、見《み》てるけど見《み》てないっていうか。あれ？』

『健太《けんた》、ちゃんと探《さが》してる？　なんか返事《へんじ》がアヤシイんだけど』

『ややや、やってるよ！　あ、ほら、クリスちゃんはどう!?』

「わ、わたし……？」

クリスは、耳《みみ》に着《つ》けたヘッドセットを押《お》さえながら、そっと左右《さゆう》を見《み》まわした。

光一《こういち》の指示通《しじどお》り、今《いま》いるのは東京駅構内《とうきょうえきこうない》の地下《ちか》一階《かい》だ。

お菓子屋《かしや》さんや雑貨屋《ざっかや》さん、お弁当屋《べんとうや》さんなどのお店《みせ》がずらりと並《なら》んで、お土産《みやげ》を買《か》う人《ひと》たちであふれかえっている。あっちこっち人《ひと》がいっぱいで、見《み》ているだけで目《め》が回《まわ》りそうだ。

「特《とく》に、それらしい人《ひと》は見当《みあ》たらないわ。人《ひと》はものすごく多《おお》いけど……」

『そうか。わかった』

『ねえ、光一《こういち》。さすがにずっと走《はし》りまわってるから、そろそろ疲《つか》れてきたんだけど』

すみれが、不満《ふまん》そうな声《こえ》を上《あ》げる。

たしかに、すみれと風早《かぜはや》くんは、圧倒的《あっとうてき》に担当範囲《たんとうはんい》が広《ひろ》いものね。そこをぐるぐると走《はし》りつづけるってなると……。

『しょうがないだろ。この中《なか》で体力《たいりょく》があるのは、すみれと風早《かぜはや》なんだから』

『でも、あたしたちって、自分《じぶん》の担当範囲《たんとうはんい》を一周《いっしゅう》するだけで、すごい時間《じかん》かかっちゃうんだよ？このままじゃ、ぜんぜんおじいちゃんを捕《つか》まえられそうにないじゃん』

『オレもそう思《おも》う』

いつもより少《すこ》し高《たか》い声《こえ》で、和馬《かずま》がぼそりとつぶやいた。

『やはり、この広《ひろ》さを五人《にん》でカバーするのは無理《むり》がある。方針《ほうしん》を変《か》えなくていいのか？』

『……とりあえず、このまま作戦《さくせん》を続《つづ》ける』

「変《か》えなくて……いいの？」

びっくりして、ついつぶやきがもれる。クリスは、慌《あわ》てて両手《りょうて》で自分《じぶん》の口《くち》をふさいだ。

なんだか、この言《い》い方《かた》だと徳川《とくがわ》くんを責《せ》めてるみたいだし……。

『もしかして光一《こういち》ってば、あんなに寝不足《ねぶそく》になるまで考《かんが》えたのに、いい作戦《さくせん》が浮《う》かばなかったんじゃないの？』

すみれのずばっとした言葉《ことば》に、光一《こういち》の声《こえ》が、わずかに上《うわ》ずった気《き》がした。

『……っ、とにかくもうしばらくはこのまま続《つづ》ける。すみれと風早《かぜはや》には負担《ふたん》が大《おお》きくて申《もう》し訳《わけ》ないけど、もう少《すこ》しがんばってくれ』

『もう少《すこ》しって、どれくらい？』

『あと……少《すく》なくとも二時間《じかん》は』

『そんなに!?　今《いま》のままで、本当《ほんとう》におじいちゃんを捕《つか》まえられるの!?』

すみれが、不満《ふまん》を爆発《ばくはつ》させて、インカム越《ご》しに光一《こういち》を責《せ》めたてる。けれど、受《う》け答《こた》えする光一《こういち》の声《こえ》には、思《おも》ったよりも落《お》ちこんだ様子《ようす》がない。通路《つうろ》の真《ま》ん中《なか》で、クリスは一人《ひとり》首《くび》をかしげた。

もう始《はじ》まって一時間《じかん》。残《のこ》り三時間《じかん》もあるとはいえ、ぜんぜん進展《しんてん》がないのに……。

いつもの光一《こういち》なら、もっと臨機応変《りんきおうへん》に対処《たいしょ》する。これがだめだとなったら、また新《あたら》しい作戦《さくせん》を考《かんが》えて、みんなに提案《ていあん》するはずだ。

徳川《とくがわ》くんらしくない……気《き》がするわ。

こんなことを聞《き》いてもいいのかわからないけれど。

どきどきを抑《おさ》えるために、クリスは胸《むね》の前《まえ》でぎゅっと手《て》をにぎる。三秒《びょう》くらいおいてから、気《き》合《あ》いを入《い》れて、なんとか口《くち》を開《ひら》いた。

「あの……徳川《とくがわ》くん」

『クリス、どうかしたのか』

「えっと……そのっ、きゃあ！」

ドンッ！

走《はし》ってきた子《こ》どもと、正面《しょうめん》からぶつかる。インカムにすっかり気《き》を取《と》られて、前《まえ》を見《み》ていなかったらしい。

後《うし》ろに尻《しり》もちをついて、思《おも》わず顔《かお》に手《て》を当《あ》てる。

……眼鏡《めがね》がない！

こんなに人《ひと》が多《おお》いところで正体《しょうたい》を知《し》られたら、大変《たいへん》だわ！

「どこっ!?」

クリスは、急《いそ》いで床《ゆか》にひざを突《つ》くと、手《て》をはわせる。けれど、どこにもピンク色《いろ》の眼鏡《めがね》が見当《みあ》たらない。

どこかにすべっていっちゃったのかしら……

どうしよう。

『クリス、どうかしたの？』

「それがっ、眼鏡《めがね》を落《お》としちゃって――」

「そこのお嬢《じょう》さん。もしかして、これを探《さが》しているのかしら？」

か弱《よわ》い声《こえ》に顔《かお》を上《あ》げると、白《しろ》い髪《かみ》の年配《ねんぱい》の女性《じょせい》が立《た》っている。その手《て》には――。

わたしの眼鏡《めがね》！

「あっ……ありがとうございます！」

クリスはぺこぺこと頭《あたま》を下《さ》げてから、眼鏡《めがね》を受《う》けとる。取《と》りおとしそうになりながらも眼鏡《めがね》をかけて、ふっと小《ちい》さく息《いき》をついた。

ああ、大事《おおごと》にならなくてよかった……！

ここで目立《めだ》ってしまったら、おじいさんも捕《つか》まえにくくなってしまうから。

「あの、本当《ほんとう》にありがとうござい……あれっ？」

もう一度《いちど》深々《ふかぶか》と頭《あたま》を下《さ》げてから顔《かお》を上《あ》げると、さっき眼鏡《めがね》を渡《わた》してくれた年配《ねんぱい》の女性《じょせい》は、もう人《ひと》ごみに姿《すがた》を消《け》していた。

かさっと小《ちい》さな音《おと》がして、手《て》を開《ひら》く。ぎゅっと組《く》んでいた手《て》の間《あいだ》に、いつの間《ま》にか紙《かみ》がはさまっていた。

……なんだろう。

紙《かみ》は、おみくじを枝《えだ》につけるときみたいに、きゅっと小《ちい》さく結《むす》ばれている。天井《てんじょう》のライトにかざすと紙《かみ》がうっすらと透《す》けて、中《なか》の文章《ぶんしょう》が裏返《うらがえ》しに読《よ》める。慌《あわ》てて目《め》をそらしたけれど、最初《さいしょ》の文字《もじ》は意識《いしき》しなくても見《み》えてしまった。

〈クリスちゃんへ〉

「……わたしあて!?」

クリスは紙《かみ》を、すばやく解《ほど》く。読《よ》みやすいように、しわを伸《の》ばしてきれいに広《ひろ》げた。思《おも》ったとおり、中《なか》には短《みじか》いメッセージが書《か》かれている。

クリスちゃんへ
見《み》はり、がんばっとるのう。おつかれさま。
じゃがこの調子《ちょうし》じゃ、わしを捕《つか》まえるのは無理《むり》そうだのう。
残《のこ》り三時間《じかん》、全力《ぜんりょく》でわしを追《お》いかけるんじゃな。
達蔵《たつぞう》

「ええっ!?」

もしかして、さっきの女《おんな》の人《ひと》はおじいさんだったの!?

三《み》つ編《あ》みを揺《ゆ》らしながら、さっと周囲《しゅうい》を見《み》まわす。

帰省《きせい》のお土産《みやげ》を買《か》う、若《わか》い男《おとこ》の人《ひと》。観光《かんこう》なのか、大《おお》きなカバンを肩《かた》に試食《ししょく》で盛《も》りあがる中年《ちゅうねん》のおばさん。店《みせ》を冷《ひ》やかして回《まわ》る、若《わか》いカップル——。

さっき眼鏡《めがね》を渡《わた》してくれた年配《ねんぱい》の女性《じょせい》の姿《すがた》はどこにもない。

あれが、風早《かぜはや》くんが言《い》っていた、おじいさんの変装《へんそう》なのね。

ぜんぜん、おじいさんには見《み》えなかったわ……せめて、もう少《すこ》しよく見《み》ればよかった。

こんなに大胆《だいたん》に接触《せっしょく》してくるなんて思《おも》っていなかったから、すっかり油断《ゆだん》していた。クリスは小《ちい》さく肩《かた》を落《お》とすと、インカムのマイクに向《む》かってそっとささやいた。

「……こちら、クリス。今《いま》、おじいさんと地下《ちか》で会《あ》ったんだけど、逃《に》げられちゃったわ……その、おじいさんが変装《へんそう》していて、気《き》がつけなかったの。ごめんなさい」

『変装《へんそう》？』

「その……上品《じょうひん》そうなおばあさん姿《すがた》で」

『おばあさんって、あの長《なが》いヒゲは付《つ》けヒゲなのか!?』

「一瞬《いっしゅん》しか見《み》なかったから、あまりかっこうも覚《おぼ》えていなくて……落《お》とした眼鏡《めがね》を拾《ひろ》ってくれたときに、手紙《てがみ》を渡《わた》されたの。えっと……残《のこ》り三時間《じかん》、全力《ぜんりょく》で追《お》いかけてって」

『完全《かんぜん》に、甘《あま》く見《み》られてるな』

光一《こういち》の言葉《ことば》じりに、だれかの悔《くや》しそうなため息《いき》が重《かさ》なった。たぶん、和馬《かずま》だろう。この中《なか》で、一番歯《いちばんは》がゆい思《おも》いをしているのは、和馬《かずま》のはずだ。

『……じいさんは、変装《へんそう》して人《ひと》ごみに紛《まぎ》れているんだろう。じいさんが変装《へんそう》しているのを、前《まえ》に見《み》たことがある。よほど注意《ちゅうい》して見《み》ないと気《き》がつけない』

『それじゃあ、ますます見《み》つけられないじゃん！』

「ごめんなさい……わたしが、一番近《いちばんちか》づいたのに」

『あんまり気《き》にするな。だいじょうぶだ』

「だいじょうぶ？」

『いや……まだ三時間《じかん》もあるから、問題《もんだい》ないって意味《いみ》だ』

光一《こういち》が、ぽつりぽつりとたどたどしく答《こた》える。かと思《おも》うと、気《き》を取《と》り直《なお》したように、めずらしく早口《はやくち》で言《い》った。

『ところで、その前《まえ》にクリスは何《なに》か言《い》おうとしてなかったか？』

「え、ええっと……」

やっぱり、光一《こういち》の様子《ようす》はおかしい気《き》がする。

いつものように、思《おも》いもよらない作戦《さくせん》を考《かんが》えるわけじゃない。ただ、和馬《かずま》やすみれには積極的《せっきょくてき》に達蔵《たつぞう》を追《お》わせている。

なんだか、行動《こうどう》がちぐはぐに感《かん》じるのよね……。

もしかして、もうおじいさんを捕《つか》まえるのをあきらめている？　でも……徳川《とくがわ》くんに限《かぎ》って、そんなことはないと思《おも》うし。

その違和感《いわかん》を、うまく説明《せつめい》できない。

「……ううん、何《なん》でもないの」

『――わかった。いったん、休憩《きゅうけい》にしよう。健太《けんた》が見《み》はりをしてる、新幹線前《しんかんせんまえ》の待合場所《まちあいばしょ》に集合《しゅうごう》してくれ』

ブツッ……

クリスは、音《おと》が切《き》れたヘッドセットを耳《みみ》から外《はず》すと、じっと見《み》つめる。大《おお》きく肩《かた》を落《お》としながら、深々《ふかぶか》とため息《いき》をついた。

わたしも、もう少《すこ》しいろいろなことを、きちんと伝《つた》えられればいいのに……。

そんなことを考《かんが》えながら、一番近《いちばんちか》くにあった階段《かいだん》に足《あし》をかける。踊《おど》り場《ば》まで上《のぼ》ったところで、足《あし》がぐっと重《おも》くなった気《き》がした。

「ちょっと疲《つか》れちゃったかも……」

ちらっと、あたりを見《み》ると、大《おお》きなバッグを持《も》った人《ひと》ががやがやと行《い》きかっている。荷物《にもつ》を預《あず》けそこねた人《ひと》たちが、空《あ》いているところはないかとコインロッカーのドアを見《み》て回《まわ》っていた。

これだけ人《ひと》がいたら、コインロッカーもなかなか空《あ》いていないわよね。

もう一つ階段《かいだん》を上《のぼ》る。この踊《おど》り場《ば》にも、別《べつ》のコインロッカーが置《お》かれていた。男《おとこ》の人《ひと》たちが、バタバタと荷物《にもつ》をつめている。

こっちのほうが、空《あ》いてそう。さっきの人《ひと》たちに、教《おし》えてあげたほうがいいかしら。

……あれ、あの男《おとこ》の人《ひと》たちって。

クリスは、一歩《ぽ》二歩《ほ》コインロッカーに近《ちか》づく。

荷物《にもつ》を入《い》れているのは、さっきすみれがぶつかった男《おとこ》の人《ひと》たちだ。

トレーナー姿《すがた》の背《せ》の高《たか》い人《ひと》。小柄《こがら》で、ジャンパーを着《き》た人《ひと》。ニット帽《ぼう》にシャツのラフなかっこうの人《ひと》。銀色《ぎんいろ》の眼鏡《めがね》をかけた、細身《ほそみ》の人《ひと》。みんな服装《ふくそう》の雰囲気《ふんいき》はばらばらだ。

そして、大《おお》きなグレーのスーツケース。

さっき、すみれとぶつかったときに入《はい》ったのか、スーツケースの表面《ひょうめん》にすれたような傷《きず》が付《つ》いている。けれど、それ以外《いがい》は新品同然《しんぴんどうぜん》だ。

……中身《なかみ》はだいじょうぶだったのかしら。すごく大切《たいせつ》そうにしてたけど。

男《おとこ》の人《ひと》たちは、コインロッカーの一番大《いちばんおお》きな棚《たな》にスーツケースを入《い》れる。ドアを半分《はんぶん》閉《と》じかけて、中《なか》に手《て》を突《つ》っこんだ。

「クリス！」

大《おお》きな声《こえ》で名前《なまえ》を呼《よ》ばれて、はっと振《ふ》りかえる。階段《かいだん》の上《うえ》から、すみれがぴょんぴょんと飛《と》びはねながら、あっという間《ま》に目《め》の前《まえ》までやってきた。

「クリスも、今《いま》から集合場所《しゅうごうばしょ》に行《い》くところでしょ？　いっしょに行《い》こうよ」

「うん……」

うなずき返《かえ》しながら、ちらりとコインロッカーを盗《ぬす》み見《み》る。さっきロッカーに荷物《にもつ》を入《い》れていた男《おとこ》の人《ひと》たちの姿《すがた》は、もうなくなっていた。

11 休憩時間《きゅうけいじかん》はグルメ観光《かんこう》!?

「うーん、いいにおい！」

行列《ぎょうれつ》にそって、長《なが》い長《なが》いエスカレーターを下《くだ》る。地下《ちか》一階《かい》に降《お》りたった瞬間《しゅんかん》に、健太《けんた》が目《め》をきらきらとさせながら、大《おお》きな歓声《かんせい》を上《あ》げた。

新幹線《しんかんせん》の改札前《かいさつまえ》に集合《しゅうごう》した光一《こういち》たちは、お弁当《べんとう》を食《た》べるための席《せき》取《と》りと、昼食《ちゅうしょく》を買《か》いに行《い》くグループに分《わ》かれることにした。

買《か》い出《だ》しに出《で》たのは、絶対《ぜったい》に行《い》きたいと主張《しゅちょう》した健太《けんた》、光一《こういち》と和馬《かずま》の男子《だんし》組《ぐみ》だ。

……健太《けんた》とすみれの二人《ふたり》で行《い》かせると、大量《たいりょう》に買《か》ってきそうだしな。

健太《けんた》に続《つづ》いてエスカレーターを降《お》りた光一《こういち》は、ぐるりとあたりを見《み》まわした。

午後《ごご》になって、東京駅《とうきょうえき》の人出《ひとで》はますます増《ふ》えてきている。

待合室《まちあいしつ》も通路《つうろ》も、人《ひと》でいっぱいだ。大《おお》きな報道用《ほうどうよう》のカメラを持《も》ったテレビ局《きょく》の人《ひと》たちが、道行《みちゆ》く人《ひと》を捕《つか》まえてマイクを向《む》けていた。

テレビ局《きょく》の人《ひと》と視線《しせん》が合《あ》わないように、目《め》をそらしながら腕時計《うでどけい》を見《み》る。

あと二時間《じかん》。半分《はんぶん》を切《き》ったのか。

じわっと浮《う》かんだ不安《ふあん》を、頭《あたま》の中《なか》から外《そと》へ追《お》いやる。

だいじょうぶ。今《いま》のところは、作戦通《さくせんどお》りのはずだ。

横《よこ》から、小《ちい》さなため息《いき》が聞《き》こえて、光一《こういち》は和馬《かずま》の顔《かお》を見上《みあ》げた。さすがの和馬《かずま》も、人《ひと》ごみの中《なか》を走《はし》りっぱなしで少《すこ》し疲《つか》れている気《き》がする。

……すみれと風早《かぜはや》が、一番担当分《いちばんたんとうぶん》がキツいからな。

「風早《かぜはや》、だいじょうぶか？」

「問題《もんだい》ない」

一瞬《いっしゅん》だけ視線《しせん》が合《あ》ったものの、和馬《かずま》はすぐにふいと目《め》を背《そむ》けた。二人《ふたり》の間《あいだ》に、しんと沈黙《ちんもく》が広《ひろ》がる。

風早《かぜはや》とも、前《まえ》よりはだいぶ打《う》ちとけた……と思《おも》うけど、そういえばほとんど二人《ふたり》で話《はな》したことはないな。それに、さっきのインカムでの会話《かいわ》から、少《すこ》し気《き》まずい。

何《なに》を話《はな》せばいいんだ？　健太《けんた》はよくしゃべるから、困《こま》ることはないんだけど。

「じつはぼく、お昼《ひる》をすっごく楽《たの》しみにしてたんだよ！　えっへっへ」

健太《けんた》はだらしなく笑《わら》いながら、ごそごそとポケットに手《て》をつっこむ。しわになった紙《かみ》を取《と》りだすと、二人《ふたり》によく見《み》えるように勢《いきお》いよく突《つ》きだした。

光一《こういち》は和馬《かずま》といっしょに紙《かみ》をのぞきこむ。たくさん入《はい》った階段《かいだん》やエスカレーターのマーク。東京駅《とうきょうえき》のマップだ。

けれど、光一《こういち》が渡《わた》したものと違《ちが》って、そのマップには健太《けんた》の踊《おど》るような陽気《ようき》な文字《もじ》で、たくさんの書《か》き込《こ》みがされていた。光一《こういち》は、はしから順《じゅん》に目《め》で追《お》っていく。

ええっと、駅弁《えきべん》の種類《しゅるい》が一番多《いちばんおお》いお店《みせ》。東京駅限定《とうきょうえきげんてい》のカップケーキがおいしいお店《みせ》。ここは、特製《とくせい》ジュースを時間限定《じかんげんてい》で売《う》ってるお店《みせ》……って。

「全部《ぜんぶ》、食《た》べ物《もの》の店《みせ》の解説《かいせつ》か!?」

「ぼく、昨日家《きのういえ》に帰《かえ》ってから東京駅《とうきょうえき》のお店《みせ》をたくさん調《しら》べてきたんだ！」

健太《けんた》はマップをたたみながら、へらあっと幸《しあわ》せそうに笑《わら》った。

「東京駅《とうきょうえき》には、全国《ぜんこく》の駅弁《えきべん》を売《う》ってるお店《みせ》があったり、東京駅《とうきょうえき》にしかない商品《しょうひん》があったり、おいしいものがすっごくたくさんあるんだよ。あと、期間限定《きかんげんてい》のお店《みせ》があったりね！」

「……昨日《きのう》の夜《よる》だけで、そんなに調《しら》べたのか」

和馬《かずま》が、とまどいながら渋《しぶ》い表情《ひょうじょう》を浮《う》かべる。健太《けんた》は、えっへんと自慢《じまん》げに胸《むね》をはった。

「なんでも聞《き》いてよ！　ぼく、東京駅《とうきょうえき》のお店《みせ》のことだったら光一《こういち》よりもくわしいからさ」

そのやる気《き》が、学校《がっこう》のテストでも発揮《はっき》できたらな。

「とりあえず、ぼくは、とんかつサンドと特製牛肉弁当《とくせいぎゅうにくべんとう》と、限定《げんてい》あんみつを買《か》うのは決《き》めてるんだけど！」

うっ、聞《き》いてるだけで胃《い》がもたれそうだ。

「健太《けんた》、そんなに買《か》ってだいじょうぶなのか？」

「へへへっ。貯《た》めてたおこづかい、持《も》ってきたんだ。二人《ふたり》のお弁当《べんとう》も、ぼくがおすすめしてあげるよ！」

健太《けんた》は、ぎょっとした光一《こういち》の手《て》をつかむと、たくさんの人《ひと》が群《むら》がるお弁当《べんとう》コーナーへとつっこんでいく。すっかり面食《めんく》らった顔《かお》の和馬《かずま》も、同《おな》じようにずるずると健太《けんた》に引《ひ》っぱられた。

いつもの三割増《わりま》しくらいテンションが高《たか》くないか!?

健太《けんた》は棚《たな》の前《まえ》まで来《く》ると、やっと二人《ふたり》の手《て》を放《はな》した。凝《こ》ったデザインの駅弁《えきべん》が、一面《いちめん》にずらりと並《なら》んでいる。

健太《けんた》が言《い》うとおり、駅弁《えきべん》だけでもたくさん種類《しゅるい》があるんだな。

棚《たな》の横《よこ》に回《まわ》りこんだ健太《けんた》が、きらりと目《め》を光《ひか》らせる。バッグから取《と》りだしたお財布《さいふ》を、マイク代《が》わりにぐっとにぎった。

「えーっ、左上《ひだりうえ》の棚《たな》からご紹介《しょうかい》させていただきます！　まずは、豪華《ごうか》なお寿司《すし》の詰《つ》め合《あ》わせの特《とく》製寿司弁当《せいすしべんとう》！　銀座《ぎんざ》の有名《ゆうめい》なお寿司屋《すしや》さんプロデュースです。その隣《となり》は、ハンバーグの専門店《せんもんてん》がお店《みせ》で出《だ》しているものがそのまま入《はい》った、黒毛和牛《くろげわぎゅう》ハンバーグ弁当《べんとう》！　そのさらに隣《となり》は――」

って、売《う》りこみの店員《てんいん》みたいになってるぞ!?

「へえ！」「なんだか、おいしそうねえ」「これ、買《か》ってみようかしら」

偶然棚《ぐうぜんたな》の近《ちか》くにいたお客《きゃく》さんたちが、健太《けんた》の解説《かいせつ》につられて、お弁当《べんとう》を選《えら》んでいく。

ひとしきり紹介《しょうかい》を終《お》えた健太《けんた》が咳《せき》ばらいをするころには、棚《たな》にずらりと並《なら》んでいたお弁当《べんとう》は、すっかり数《かず》が減《へ》っていた。あたりから拍手《はくしゅ》がわきおこる。

「さすが、健太《けんた》だな……」

人《ひと》にもまれていた和馬《かずま》が、ぽつりともらす。健太《けんた》は、人《ひと》をかき分《わ》けて戻《もど》ってくると、にっこりと笑《わら》った。

「光一《こういち》は、和食《わしょく》が好《す》きだよね。だったら、このお弁当《べんとう》とかいいんじゃないかなあ！　具材《ぐざい》の種類《しゅるい》も多《おお》いし、すっごく人気《にんき》なんだよ！」

ぐいっと勢《いきお》いよく手渡《てわた》された幕《まく》の内弁当《うちべんとう》は、たしかにおいしそうだ。

健太《けんた》は、人《ひと》がよろこぶことを、ほんとによく見《み》てるよな。

「ありがと」

光一《こういち》がそれを抱《かか》えるのを見《み》て、健太《けんた》はうれしそうに笑《わら》った。

和馬《かずま》は、一番近《いちばんちか》くにあった普通《ふつう》のおにぎりを手《て》に取《と》ろうとする。和馬《かずま》に向《む》きなおった健太《けんた》が、ぎょっとしてばたばたと跳《と》びあがった。

「ええぇ!?　和馬《かずま》くん、さっきまで、あんなに動《うご》いてたのに、それだけ!?」

「まだ、じいさんとの勝負《しょうぶ》は終《お》わってない。満腹《まんぷく》まで食《た》べると、眠《ねむ》くなりやすいし——」

「でも、もう少《すこ》し食《た》べないと、お腹《なか》がすいて力《ちから》が出《で》なくなっちゃうんじゃないかなあ。やっぱり、ぼくがおすすめしてあげるよ！　うーん、これとかどうかな。少《すこ》し量多《りょうおお》め、肉《にく》も野菜《やさい》もバランスよく入《はい》った東京駅限定《とうきょうえきげんてい》の一品《いっぴん》だよ！」

健太《けんた》が、満面《まんめん》の笑《え》みで別《べつ》のお弁当《べんとう》を差《さ》しだす。和馬《かずま》は、その具材《ぐざい》をじっと見《み》てから、ぼそっと言《い》った。

「これは、やめておく」

「もしかして、あんまり好《す》きな中身《なかみ》じゃなかった？」

「……トマトが嫌《きら》いなんだ」

さっきよりも、さらに小《ち》さな声《こえ》で和馬《かずま》がつぶやく。光一《こういち》は、思《おも》わず健太《けんた》と目《め》を合《あ》わせた。

「風早《かざはや》は、トマトが苦手《にがて》なのか？」

「……食《た》べられないわけじゃない」

和馬《かずま》が、不満《ふまん》そうに顔《かお》をしかめる。健太《けんた》にすすめられた弁当《べんとう》を手《て》に取《と》ると、さっと背《せ》を向《む》けた。

「先《さき》に戻《もど》る」

「えええっ！　和馬《かずま》くん待《ま》ってよ〜。ぼく、買《か》いたいものがまだまだたくさんあるんだから！」

健太《けんた》が、慌《あわ》てて店内《てんない》を行《い》ったり来《き》たりしはじめる。

健太《けんた》がいると、どんなときでもにぎやかだな。

笑《わら》いながら、光一《こういち》は和馬《かずま》のすぐ後《うし》ろへ追《お》いつく。ちらりと前《まえ》を見《み》ると、和馬《かずま》がおかしそうに笑《わら》いかけた口《くち》に、手《て》を当《あ》てていた。

「あー、お腹《なか》すいた。いっただきま〜す！」

五人並《にんなら》んで、休憩用《きゅうけいよう》のイスに腰《こし》かける。健太《けんた》が、通《とお》りかかった人《ひと》が振《ふ》りかえるくらいの大声《おおごえ》で言《い》った。

みんな、それぞれいきわたったお弁当《べんとう》を開《あ》ける。光一《こういち》は、健太《けんた》にすすめられた幕《まく》の内弁当《うちべんとう》に箸《はし》

をつけながら、ちらりと横《よこ》に並《なら》んだ四人《にん》を見《み》た。

クリスは、サンドイッチ。和馬《かずま》も、なんだかんだ言《い》って、健太《けんた》にすすめられた量《りょう》のある洋食弁当《ようしょくべんとう》を食《た》べていた。

すみれは、ステーキ弁当《べんとう》に、激《げき》レア牛《ぎゅう》たん弁当《べんとう》に――。

……肉《にく》に偏《かたよ》りすぎだろ。

お弁当《べんとう》の具材《ぐざい》をひょいひょいと口《くち》に放《ほう》りこんでいたすみれが、じろりと健太《けんた》をにらんだ。

「そういえば、健太《けんた》。さっき、あたしたちが集合場所《しゅうごうばしょ》に来《き》た時《とき》、向《む》かいにあるお菓子屋《かしや》さんを、ぼーっと見《み》てなかった？」

「お菓子屋《かしや》？」

「ほら、あそこの……」

クリスが、新幹線《しんかんせん》の改札《かいさつ》の向《む》かいにある小《ちい》さなスペースを、おずおずと指《ゆび》さす。

小《こ》ぶりな露店《ろてん》の店先《みせさき》で、かかげられた期間限定《きかんげんてい》の札《ふだ》が輝《かがや》いている。前《まえ》には、たくさんの人《ひと》が行列《ぎょうれつ》を作《つく》っていた。

「そそそ、そんなことないよ!?」

健太《けんた》は、もぐもぐと口《くち》を動《うご》かしながら、首《くび》を振《ふ》った。

「売《う》り切《き》れちゃったりしないかなーってチェックはしてたけど、ちゃんとここを通《とお》る人《ひと》をちらちら見《み》たり……」

「ちらちらって、それは見《み》はってないってことじゃない？」

「えぇっと、それは……」

まあ、そんなことだろうと思《おも》ってたけど。

光一《こういち》は、食《た》べおわった弁当《べんとう》をまとめながら言《い》った。

「今回《こんかい》の鬼《おに》ごっこのルールだと、新幹線《しんかんせん》の改札《かいさつ》の中《なか》に逃《に》げこむと負《ま》けになる。健太《けんた》が担当《たんとう》しているこのエリアは奥《おく》が新幹線《しんかんせん》乗《の》り場《ば》だから、じいさんが来《く》る可能性《かのうせい》は低《ひく》いはずだ」

「なぁんだ！　よかったぁ～」

「じゃあ、なんで健太《けんた》をここの担当《たんとう》にしたわけ？」

「それは――」

すみれが、ステーキをもぐもぐと言《い》わせながら、目《め》を細《ほそ》める。気《き》がつくと、サンドイッチを小《ちい》さな口《くち》で一生懸命《いっしょうけんめい》食《た》べていたクリスも、何《なに》か問《と》いたそうに、光一《こういち》をじっと見《み》つめていた。

「光一《こういち》、なんかあたしたちにかくしてない？」

げっ。幼《おさな》なじみだからって、変《へん》に察《さっ》しがいいのはやめてくれ。

「ええっと……」

話《はなし》をそらそうと、苦《くる》しまぎれに横《よこ》を向《む》く。すれちがう人《ひと》たちが視界《しかい》に入《はい》って、はっと目《め》を見開《みひら》いた。

あれって、さっきすみれがぶつかった人《ひと》たちか？

四人連《にんづ》れの男《おとこ》たちが、新幹線《しんかんせん》の改札《かいさつ》に向《む》かって歩《ある》いていく。新幹線《しんかんせん》に乗《の》るのか。でも——何《なに》かおかしい。

さっきと、何《なに》かが違《ちが》う。

大柄《おおがら》な体《からだ》。くたびれたトレーナー。その手元《てもと》に——。

「……スーツケースが、ない？」

固《かた》まった光一《こういち》に気《き》づいて、クリスがその視線《しせん》を追《お》う。改札《かいさつ》の向《む》こうを歩《ある》いていく四人《にん》の男《おとこ》たちの背《せ》を見《み》つけて、同《おな》じように首《くび》をかしげた。

「あれ、さっきすみれとぶつかった人《ひと》たちよね……？」

「ああ。でも、スーツケースを持《も》ってないな」

何《なん》で持《も》ってないんだ？　あんなに大切《たいせつ》そうにしていたのに。

クリスが、あっと小《ちい》さな声《こえ》を上《あ》げる。改札《かいさつ》と反対《はんたい》の方向《ほうこう》を、そっと指《ゆび》さした。

「そういえば、さっき、コインロッカーに預《あず》けているのを見《み》たわ」

……コインロッカー？

「ほら、中央通路《ちゅうおうつうろ》の階段《かいだん》にあるところ。たしか、ここに集《あつ》まろうと思《おも》って地下《ちか》から上《あ》がってくるときに……あ」

そこまで説明《せつめい》して、クリスがぴたりと言葉《ことば》を止《と》めた。

「でも、さっきの人《ひと》たち、新幹線《しんかんせん》の改札《かいさつ》の中《なか》に入《はい》っていった……？」

光一《こういち》は、眉間《みけん》にしわを寄《よ》せる。心《こころ》の中《なか》を、ざわっと嫌《いや》な予感《よかん》がよぎった。

コインロッカー。

ぶつかったときの、慌《あわ》てた様子《ようす》。

置《お》き去《ざ》りにされた——大《おお》きなスーツケース。

考《かんが》えすぎかもしれない。

でも、もしかしたら。

「光一《こういち》!?」

弾《はじ》かれたように、光一《こういち》はその場《ば》に立《た》ちあがる。ぐっと歯《は》を食《く》いしばると、すみれの呼《よ》びかけには答《こた》えずに、一目散《いちもくさん》に駆《か》けだしたのだった。

12 しかけられた爆弾《ばくだん》

さすがに、こんな事態《じたい》は予測《よそく》してない。

光一《こういち》は、人《ひと》とぶつからないように注意《ちゅうい》しながらも、全速力《ぜんそくりょく》で構内《こうない》を走《はし》る。緊張《きんちょう》のせいもあって、少《すこ》し息《いき》が切《き》れた。

たしか、ここの角《かど》を曲《ま》がったところ――あった。

コインロッカーの金属製《きんぞくせい》の白《しろ》い表面《ひょうめん》が、天井《てんじょう》のライトを浴《あ》びて光《ひか》っている。その輝《かがや》きが、今《いま》は不気味《ぶきみ》に見《み》えた。

「ちょっと待《ま》ってよ、光一《こういち》！」

ばたばたと足音《あしおと》を立《た》てながら、後《うし》ろからみんなが走《はし》ってくる。先頭《せんとう》をやってきたすみれは光一《こういち》のすぐ横《よこ》に並《なら》んで、同《おな》じようにコインロッカーを見《み》つめた。

「突然走《とつぜんはし》りだして、どうしたの？」

「クリス。さっきの男《おとこ》の人《ひと》たちが使《つか》っていたロッカーはどこだった!?」

「ええっと……ここだったと思《おも》うけど」

クリスは、コインロッカーの右端《みぎはし》へ歩《ある》きだす。一番大《いちばんおお》きなドアを、そっと指《ゆび》さした。

カギはかかっていないのか、ロッカーとドアの間《あいだ》には、わずかだけれどすき間《ま》が空《あ》いている。

すみれがドアを開《あ》けると、中《なか》にはさっき見《み》たグレーのスーツケースが静《しず》かに置《お》かれていた。

「忘《わす》れて改札《かいさつ》を通《とお》っちゃったのかな。それなら、すぐ届《とど》けてあげたほうがいいよね。新幹線《しんかんせん》でどっか行《い》っちゃったら、もう荷物《にもつ》を取《と》りに戻《もど》ってこられないだろうし」

すみれがスーツケースを引《ひ》っぱりだそうと、迷《まよ》わず手《て》を伸《の》ばす。

「あれ、でもこのケース開《あ》いてる。ロッカーもカギがかかってないし、なんでだろ――」

ヤバい。

さっきまでの嫌《いや》な予感《よかん》が一気《いっき》に強《つよ》くなって、背筋《せすじ》がぞっとする。

光一《こういち》は息《いき》をのみながら、声《こえ》もかけずに急《いそ》いですみれの手《て》をつかんだ。

「こっ、光一《こういち》!?」

「……あんまり動《うご》かさないほうがいい」

「そんなこと言《い》っても、取《と》りださないと持《も》っていけないし」

すみれが、ぶんぶんと手《て》を振《ふ》りほどこうとしながら光一《こういち》を見《み》かえす。けれど、緊張《きんちょう》した雰囲気《ふんいき》を感《かん》じとって、ぴたりと動《うご》きを止《と》めた。

「断言《だんげん》はできない。けど、予想《よそう》が正《ただ》しいなら——爆弾《ばくだん》かもしれない」

小《ちい》さくささやくと、予想《よそう》していなかった言葉《ことば》に全員《ぜんいん》がごくりと息《いき》をのむ。少《すこ》しの間《ま》をおいて、健太《けんた》が、あんぐりと大口《おおぐち》を開《あ》けた。

「ばばば、爆《ばく》だ——!?」

光一《こういち》が止《と》める前《まえ》に、和馬《かずま》がとっさに健太《けんた》の口《くち》をふさぐ。光一《こういち》は一歩《ぽ》みんなと距離《きょり》をつめた。

「大《おお》きな声《こえ》で言《い》うとマズい。騒《さわ》ぎになる」

光一《こういち》は、横目《よこめ》で周囲《しゅうい》に視線《しせん》を送《おく》る。

よかった。周《まわ》りがうるさいから、健太《けんた》の声《こえ》は聞《き》こえなかったみたいだな。

顔《かお》を真《ま》っ青《さお》にしながらも、すみれが信《しん》じられないというように、首《くび》を振《ふ》った。

「さすがに、光一《こういち》の考《かんが》えすぎだって。単純《たんじゅん》に忘《わす》れちゃったんじゃない？　あたしも柔道《じゅうどう》の遠征《えんせい》で出《で》かけた時《とき》、駅《えき》にスーツケースを忘《わす》れちゃったことあるよ」

「それは、すみれだからだろ」

「どーいう意味《いみ》？」

って、こんなことでもめてる場合《ばあい》じゃない。

「あの人《ひと》たちは四人連《にんづ》れだ。四人《にん》いて、全員《ぜんいん》があの大《おお》きなスーツケースの存在《そんざい》を忘《わす》れて、新幹線《しんかんせん》に乗《の》ることのほうがありえない」

だとすれば、故意《こい》――わざとだ。

光一《こういち》は、スーツケースに触《ふ》れないように、空《あ》いたすき間《ま》から中《なか》をのぞきこむ。

一週間分《しゅうかんぶん》くらいの旅行荷物《りょこうにもつ》が入《はい》りそうなスーツケースは上半分《うえはんぶん》が空《から》っぽだ。

暗《くら》いケースの奥《おく》に、ほんのりと光《ひか》る何《なに》かがのぞく。

電源《でんげん》が入《はい》ったままの、濃《こ》いグレーのスマホ。それが、しっかりと不気味《ぶきみ》なかたまりに、ガムテープで固定《こてい》されていた。

やっぱり。

冷《ひ》や汗《あせ》を感《かん》じた瞬間《しゅんかん》、心臓《しんぞう》がどくりと跳《は》ねあがる。

「どう？」

後《うし》ろから、心配《しんぱい》そうなすみれの声《こえ》が聞《き》こえる。

光一《こういち》は、ケースを動《うご》かさないように、呼吸《こきゅう》を止《と》めながら慎重《しんちょう》に身《み》を引《ひ》く。そっと、ロッカーのドアを閉《し》めた。

全員《ぜんいん》が、神妙《しんみょう》な面持《おもも》ちで光一《こういち》を見《み》つめている。

さっきまでにぎやかに感《かん》じられた周囲《しゅうい》の声《こえ》が、耳《みみ》がおかしくなったみたいに遠《とお》くに聞《き》こえた。

「……やっぱり、爆弾《ばくだん》の可能性《かのうせい》が高《たか》い。爆薬《ばくやく》らしいものといっしょにスマホが入《はい》ってたから、たぶん、遠隔操作《えんかくそうさ》で爆発《ばくはつ》させるタイプのものだと思《おも》う」

「どう……するの？」

「決《き》まってる。警察《けいさつ》に連絡《れんらく》して、機動隊《きどうたい》の爆発《ばくはつ》物処理班《ぶつしょりはん》を呼《よ》んでもらうんだ。この場合《ばあい》、それ以外《いがい》に選択肢《せんたくし》はない」

光一《こういち》は、もう一度《いちど》ロッカーに近《ちか》づくと、もし爆発《ばくはつ》しても被害《ひがい》が最小限《さいしょうげん》になるように、お金《かね》を入《い》れてカギをかける。

さっと人《ひと》のいない壁際《かべぎわ》へと移《うつ》ると、スマホを取《と》りだして発信《はっしん》ボタンを押《お》した。

ロッカーを焦《じ》れたように見《み》つめながら、すみれは光一《こういち》に向《む》かって身《み》を乗《の》りだした。

「あたしたちじゃ、なんとかできないの？　光一《こういち》は、そういうのにもくわしいでしょ？」

「爆弾《ばくだん》の解体《かいたい》には、知識《ちしき》だけじゃなくて専門《せんもん》の道具《どうぐ》がいる。爆弾《ばくだん》の中身《なかみ》が何《なに》か、爆薬《ばくやく》の量《りょう》、金属《きんぞく》の有無《うむ》を調《しら》べないといけない。しかも、今日《きょう》の東京駅《とうきょうえき》にはいつも以上《いじょう》に何万《なんまん》という人《ひと》がいる。たくさんの人《ひと》を巻《ま》きこみかねないところで、爆弾処理《ばくだんしょり》なんて絶対《ぜったい》にやっちゃだめなんだ」

ゴールデンウィークの初日《しょにち》の東京駅《とうきょうえき》。

たしかに、たくさんの死傷者《ししょうしゃ》をだしたいテロリストには、狙《ねら》い目《め》だな。

でも、それにしては爆薬《ばくやく》の量《りょう》が少《すく》なすぎる。スーツケースの上半分《うえはんぶん》は空《あ》いていた。

できるだけ大《おお》きな爆発《ばくはつ》にしたいなら、ケース満《まん》タンに爆薬《ばくやく》をつめるはずだけど。

「せめて、犯人《はんにん》の目的《もくてき》や素性《すじょう》がわかれば――」

スマホが、通話画面《つうわがめん》に切《き》りかわる。光一《こういち》は、慌《あわ》てて耳《みみ》を当《あ》てた。すぐに、聞《き》きおぼえのある声《こえ》が聞《き》こえてきて、少《すこ》しだけ落《お》ちつく。

『きみか。私《わたし》に直接連絡《ちょくせつれんらく》してくるということは、何《なに》か大事《だいじ》な用《よう》なのか？』

「もしかして、風早警部《かぜはやけいぶ》？」

横《よこ》から画面《がめん》をのぞきこんだすみれが、小《ちい》さくささやく。光一《こういち》は、うなずいて見《み》せると、電話《でんわ》に意識《いしき》を集中《しゅうちゅう》した。

やっぱり、何度《なんど》話《はな》しても緊張《きんちょう》するな。

「突然《とつぜん》すみません。警察《けいさつ》に電話《でんわ》をしてもよかったんですけど、警部《けいぶ》のほうが早《はや》いと思《おも》って。じつは、おれたち今東京駅《いまとうきょうえき》の構内《こうない》で、四十リットルほどの大型爆弾《おおがたばくだん》を見《み》つけてしまって」

『爆弾《ばくだん》……!?』

「場所《ばしょ》は、コインロッカーです。くわしい場所《ばしょ》はすぐメールで送《おく》ります」

『もしかして、和馬《かずま》もそこにいるのか。そもそも、何《なん》で東京駅《とうきょうえき》に？』

「えっと、じいさ……和馬《かずま》のおじいさんの達蔵《たつぞう》さんと勝負《しょうぶ》をしていて」

『……私《わたし》は、そんな話《はなし》は聞《き》いていないが』

げ、そうだったのか。

ちらっと横目《よこめ》で視線《しせん》を向《む》ける。和馬《かずま》は、半目《はんめ》になってうらむように光一《こういち》を見《み》ていた。

そういえば、風早警部《かぜはやけいぶ》とじいさんは仲《なか》が悪《わる》いんだったっけ。でも、この場合《ばあい》はしょうがないだろ。

電話《でんわ》の向《む》こうで、風早警部《かぜはやけいぶ》が今井刑事《いまいけいじ》に指示《しじ》を出《だ》している。ガサガサと雑音《ざつおん》がした後《あと》に、風早《かぜはや》警部《けいぶ》の迫力《はくりょく》のある声《こえ》が聞《き》こえた。

『すぐに、駅員《えきいん》と警察官《けいさつかん》を急行《きゅうこう》させる。だから――絶対《ぜったい》に、危《あぶ》ないことはしないように』

おれたちが何《なに》かすると思《おも》って、あらかじめ、クギを刺《さ》してきたな。

『わかったね？』

「……よろしくお願《ねが》いします」

光一《こういち》は、言葉《ことば》を濁《にご》して返事《へんじ》をすると、電話《でんわ》を切《き》る。みんなが、不安《ふあん》そうに光一《こういち》を囲《かこ》んでいた。

「わたしたちは、どうする……？」

本当《ほんとう》なら、少《すこ》し離《はな》れたところで警察《けいさつ》が来《く》るのを待《ま》って、事情《じじょう》を説明《せつめい》すべきだけど。

たくさんの人《ひと》が行《い》きかう通路《つうろ》を、じっと見《み》つめる。奥《おく》にある「新幹線乗《しんかんせんの》りかえ口《ぐち》」の看板《かんばん》が、ライトを浴《あ》びてきらりと光《ひか》った。

今《いま》なら、まだ間《ま》に合《あ》うかもしれない。

おれたちなら。

「――犯人《はんにん》を追《お》おう」

「えええっ、追《お》いかけるの!?」

健太《けんた》が、あわわと口《くち》を開《あ》ける。光一《こういち》は、壁《かべ》に表示《ひょうじ》された電光掲示板《でんこうけいじばん》の時刻表《じこくひょう》をにらみつけた。

「たぶん、犯人《はんにん》たちはどさくさに紛《まぎ》れて逃《に》げるつもりだ。それに、あの男《おとこ》たちの顔《かお》をしっかりと見《み》てるのはおれたちだけだ。駅員《えきいん》に風貌《ふうぼう》を説明《せつめい》してもいいけど、時間《じかん》が惜《お》しい」

その間《あいだ》に、新幹線《しんかんせん》で東京駅《とうきょうえき》から離《はな》れられてしまうと、捕《つか》まえるのは難《むずか》しくなる。

クリスが、光一《こういち》から渡《わた》された東京駅《とうきょうえき》のマップを開《ひら》く。新幹線《しんかんせん》の改札《かいさつ》が描《か》かれている辺《あた》りに目《め》を落《お》としながら、ぽつりと言《い》った。

「でも、新幹線《しんかんせん》の改札《かいさつ》の中《なか》も広《ひろ》いし、ホームも長《なが》いわ。ここからあの人《ひと》たちを見《み》つける方法《ほうほう》なんて……」

「そうだな」

それに、おれは今《いま》からしないといけないこともあるし――。

光一《こういち》は、腕時計《うでどけい》をちらりとのぞきみる。

もしかしたら、都合《つごう》よく使《つか》えるかもしれない。

「おれは……寝《ね》る」

「えーっ!?」

すみれが、すっとんきょうな声《こえ》を上《あ》げる。光一《こういち》は非難《ひなん》の声《こえ》を無視《むし》して、静《しず》かに続《つづ》けた。

「時間《じかん》がない。一回《かい》しか説明《せつめい》しないから、よく聞《き》いてくれ」

光一《こういち》は、一人《ひとり》ずつ顔《かお》を見《み》ながら、短《みじか》く順序《じゅんじょ》良く話《はな》しだす。すみれ、健太《けんた》、クリス、最後《さいご》に和馬《かずま》に作戦《さくせん》を説明《せつめい》すると、トンとその肩《かた》を軽《かる》く叩《たた》いた。

「それじゃあ風早《かぜはや》、運搬《うんぱん》は、頼《たの》んだ……」

時間《じかん》、ぎりぎりだったな。

そう言《い》ったとたん、体《からだ》から、ずるりと力《ちから》が抜《ぬ》ける。次《つぎ》の瞬間《しゅんかん》、和馬《かずま》に寄《よ》りかかったまま、光一《こういち》は静《しず》かに寝息《ねいき》を立《た》てていた。

★13 クリスの千里眼《せんりがん》！

三《み》つ編《あ》みをほどいたクリスは、ごくりと息《いき》をのみながら、こぶしをにぎる。深《ふか》く息《いき》を吸《す》ってから、目《め》の前《まえ》にある金属製《きんぞくせい》のドアを、コンコンと軽《かる》くノックした。

ああ……緊張《きんちょう》する。わたしが失敗《しっぱい》したら、みんなにも迷惑《めいわく》がかかるし……。

おそるおそる振《ふ》りむくと、光一《こういち》を背負《せお》っている和馬《かずま》と目《め》が合《あ》った。

眠《ねむ》っている光一《こういち》は、完全《かんぜん》に和馬《かずま》にもたれかかっていて、その顔《かお》は前髪《まえがみ》でかくれている。

和馬《かずま》が、何《なに》も言《い》わずにこくりと小《ち》さくうなずく。うなずきかえそうとした瞬間《しゅんかん》、背後《はいご》でガチャリとドアが開《あ》く音《おと》がした。

「はい！　何《なん》でしょうか」

駅員《えきいん》から、慌《あわ》てたような調子《ちょうし》で声《こえ》をかけられる。

徳川《とくがわ》くんは、眠《ねむ》ってるんじゃなくて……倒《たお》れてる。倒《たお》れてる！

クリスはそう自分《じぶん》に言《い》いきかせながら、そっとピンクの縁眼鏡《ふちめがね》を外《はず》す。振《ふ》りむくと、駅員《えきいん》が驚《おどろ》いたように、大《おお》きく目《め》を開《あ》けた。

「あれ、きみって……！」

「あの、さっき待合室《まちあいしつ》で新幹線《しんかんせん》を待《ま》っていたら、友達《ともだち》が突然倒《とつぜんたお》れてしまって……！」

取《と》りみだしたように言《い》いながら、クリスは和馬《かずま》に背負《せお》われた光一《こういち》を見《み》やった。

「ええっ！　だいじょうぶかい？」

駅員《えきいん》が、ばたばたと部屋《へや》から出《で》てきて、光一《こういち》の顔《かお》をのぞきこむ。けれど、光一《こういち》はぴくりとも動《うご》かずに、静《しず》かに寝息《ねいき》を立《た》てていた。

だって、演技《えんぎ》じゃなくて本当《ほんとう》に眠《ねむ》ってるんだもの。

穏《おだ》やかな光一《こういち》の寝顔《ねがお》を見《み》て、駅員《えきいん》は不思議《ふしぎ》そうに眉《まゆ》をひそめた。

「体調《たいちょう》が悪《わる》いようには見《み》えないけど……」

「ええっと、友達《ともだち》は少《すこ》し体《からだ》が弱《よわ》くて、ときどきこうなってしまうんです。救急車《きゅうきゅうしゃ》を呼《よ》んだり、救《きゅう》護室《ごしつ》で手当《てあ》てをしたりするほどではないんですけど」

ちょっと良心《りょうしん》が痛《いた》むけど、これはウソじゃない。ウソじゃないわ……。

「だから、少《すこ》しだけ駅事務室《えきじむしつ》で休《やす》ませてもらえませんか？」

頼《たの》みこむように、駅員《えきいん》の横《よこ》でさっと頭《あたま》を下《さ》げる。けれど、駅員《えきいん》はクリスと事務室《じむしつ》のドアを見《み》くらべながら、歯切《はぎ》れ悪《わる》く言《い》った。

「ええっと、そうしてあげたいんだけど。でも、ちょっと今《いま》は……」

きっと、警察《けいさつ》から爆弾《ばくだん》の連絡《れんらく》が来《き》て、駅員《えきいん》さんも大変《たいへん》なことになってるのね。

でも、ここはなんとかがんばらないと。爆弾《ばくだん》をしかけた犯人《はんにん》を追《お》いかけるためにも。

クリスは、もう一度《いちど》深々《ふかぶか》と頭《あたま》を下《さ》げる。焦《あせ》る気持《きも》ちを込《こ》めて、一生懸命声《いっしょうけんめいこえ》をしぼりだした。

「今日《きょう》は人《ひと》が多《おお》いから、休《やす》ませてあげられる場所《ばしょ》がなくて。部屋《へや》のすみで寝《ね》かせてもらえるだけでいいですから。お願《ねが》いします！」

相手《あいて》の顔《かお》が見《み》えないから、反応《はんのう》がよくわからない。

クリスは、じっと駅員《えきいん》の足元《あしもと》を見《み》つめる。駅員《えきいん》は、迷《まよ》うように何度《なんど》かその場《ば》で足踏《あしぶ》みをしたものの、駅事務室《えきじむしつ》のほうへ一歩踏《ぼふ》みだした。

「わかったよ。ただ何《なに》かあったら、すぐに移動《いどう》してもらうからね？」

「ありがとうございます」

「ああっ、それと、きみってときどきテレビに出《で》てる、クリスちゃんだよね？　その、よかったらついでに、サインしてもらってもいいかな。娘《むすめ》がファンなんだ」

「はい、よろこんで」

よかった。なんとか、第一関門《だいいちかんもん》はクリアね……。

心《こころ》からほっとした顔《かお》で、クリスはもう一度《いちど》頭《あたま》を下《さ》げる。駅員《えきいん》が開《あ》けてくれたドアから、そっと駅事務室《えきじむしつ》に入《はい》った。

改札近《かいさつちか》くの駅事務室《えきじむしつ》は、窓口《まどぐち》に人《ひと》がつめかけて、どの駅員《えきいん》も忙《いそが》しそうに対応《たいおう》していた。

お客《きゃく》さんのことは、駅員《えきいん》さんにおまかせして。

えっと、防犯《ぼうはん》カメラの画面《がめん》は——。

「そっちじゃないよ、こっちだ」

突然《とつぜん》の声《こえ》に冷《ひ》や汗《あせ》をかきながら振《ふ》りかえると、駅事務室《えきじむしつ》の奥《おく》から駅員《えきいん》が手招《てまね》きしていた。

「えっ……！」

「ここの長《なが》イスに寝《ね》かせていいよ。あ、それとこれにサインしてもらってもいいかな？」

「わかりました」

駅員《えきいん》が差《さ》しだしてきた手帳《てちょう》とペンを受《う》けとりながら、クリスはにっこりと笑《わら》った。

びっくりした。こっそり防犯《ぼうはん》カメラの映像《えいぞう》が映《うつ》るディスプレイを探《さが》しているのが、気《き》づかれたのかと思《おも》ったわ。

駅員《えきいん》が、「調子《ちょうし》がよくなったら、声《こえ》をかけてね」と言《い》って、客《きゃく》の対応《たいおう》へと戻《もど》っていく。

和馬《かずま》が、ゆっくりと光一《こういち》をイスに下《お》ろす。光一《こういち》は、まったく目覚《めざ》めることなく、あおむけにごろりと横《よこ》たえられた。

「徳川《とくがわ》くん、本当《ほんとう》によく眠《ねむ》ってるわね……」

いつもはきりっとしているから、気《き》が抜《ぬ》けた表情《ひょうじょう》がめずらしくて、ついじっと見《み》てしまう。

「……悪《わる》い」

「え？」

突然《とつぜん》、ぼそっとした声《こえ》がする。同《おな》じように光一《こういち》を見下《みお》ろした和馬《かずま》の口《くち》が、かすかに動《うご》いた。

「もともと、この事件《じけん》に巻《ま》きこまれたのは、オレとじいさんのことが原因《げんいん》だ。日野《ひの》は、あんまり目立《めだ》つのが好《す》きじゃないだろう」

それなのに、こんなことをさせてってこと……かしら。

その気持《きも》ちは、少《すこ》しだけわかる。そう思《おも》うと、自然《しぜん》と言葉《ことば》が出《で》た。

「ええっと、わたし……前回《ぜんかい》の事件《じけん》で徳川《とくがわ》くんに迷惑《めいわく》をかけて、謝《あやま》ったでしょう。その後《あと》に、やっぱりお礼《れい》も言《い》わなくちゃと思《おも》って、改《あらた》めて話《はなし》をしたんだけど……」

クリスは、ペンからキャップを外《はず》して、さらさらとサインを書《か》く。ふうふうと息《いき》をかけて乾《かわ》かすと、手帳《てちょう》を閉《と》じた。

「その時《とき》に、仲間《なかま》だから気《き》にしなくていいって言《い》われて。だから、その……わたしも気《き》にしてないっていうか……」

うまく説明《せつめい》できているか不安《ふあん》になって、だんだん声《こえ》が小《ちい》さくなる。

少《すこ》しの間《ま》を置《お》いて、和馬《かずま》が静《しず》かに立《た》ちあがった。

「……水《みず》を買《か》ってくる」

和馬《かずま》は、駅員《えきいん》にも聞《き》こえるように言《い》いのこしてドアから出《で》ていく。予定通《よていどお》り、犯人《はんにん》を探《さが》しているすみれを追《お》いかけるんだろう。

少《すこ》しは、伝《つた》わったかしら……？

心《こころ》を落《お》ちつけようと、室内《しつない》を見《み》まわす。

駅事務室《えきじむしつ》に残《のこ》されたのは、クリスと眠《ねむ》ったままの光一《こういち》だけだ。

大事《だいじ》なのは、ここからよね。

クリスは、外《はず》していたインカムのヘッドセットを耳《みみ》に着《つ》けて、長《なが》い髪《かみ》でしっかりとかくした。

さっきよりも、窓口《まどぐち》に集《あつ》まっている客《きゃく》が増《ふ》えている。ガラスから外《そと》を見《み》ると、焦《あせ》ったような顔《かお》で走《はし》っていく制服姿《せいふくすがた》の駅員《えきいん》と警察官《けいさつかん》が見《み》えた。

警察《けいさつ》の人《ひと》が、お客《きゃく》さんを誘導《ゆうどう》してるのね。爆弾本体《ばくだんほんたい》は、なんとかなったのかしら……。

後《うし》ろを振《ふ》りむくと、光一《こういち》はまだ眠《ねむ》っている。もう少《すこ》しで五分《ふん》たつはずだが、まだ起《お》きる気配《けはい》はまったくなかった。

〈クリスは、おれを使《つか》って駅事務室《えきじむしつ》に侵入《しんにゅう》して、犯人《はんにん》の位置《いち》を特定《とくてい》してくれ〉

光一《こういち》から言《い》われた言葉《ことば》を、心《こころ》の中《なか》で繰《く》りかえす。

集中《しゅうちゅう》して、わたしは自分《じぶん》にできることをやらないと。

「こちらクリス。徳川《とくがわ》くんの作戦通《さくせんどお》り、駅事務室《えきじむしつ》に入《はい》ったわ」

『こちら、すみれ。いつでもオッケー』

いつもより、少《すこ》し張《は》りつめたようなすみれの声《こえ》に、緊張《きんちょう》が高《たか》まる。

インカムの向《む》こうから、ざわざわとした喧騒《けんそう》が遠《とお》くに聞《き》こえる。すみれは今《いま》ごろ、新幹線《しんかんせん》のホームで、こちらの情報《じょうほう》を待《ま》っているはずだ。

クリスは息《いき》をつめながら、駅事務室《えきじむしつ》に目《め》を走《はし》らせる。窓口《まどぐち》の奥《おく》に、少《すこ》しずつ変《か》わっていく画面《がめん》が見《み》えて、目《め》を細《ほそ》めた。

あれだわ、防犯《ぼうはん》カメラの映像《えいぞう》……！

いくつもある画面《がめん》に、画像《がぞう》が一定《いってい》の間隔《かんかく》で切《き》りかわっていく。そのたびに、画面《がめん》に映《うつ》っていた人《ひと》たちがカクカクと少《すこ》しずつ動《うご》いた。

爆弾魔《ばくだんま》の男《おとこ》の人《ひと》たちは、四人組《にんぐみ》。帽子《ぼうし》をかぶっている人《ひと》と、小柄《こがら》な人《ひと》と――。たくさんの画面《がめん》がちらちらと切《き》りかわって落《お》ちつかない。けれど、ここで見当《けんとう》がつけられなければ、捕《つか》まえられない。

この人《ひと》？　ううん、帽子《ぼうし》の形《かたち》が違《ちが》うわ。

あの人《ひと》は、上着《うわぎ》がシャツじゃないし。こっちの人《ひと》は、身長《しんちょう》が――。

「あっ！」

「どうかしたかな」

窓口《まどぐち》で対応《たいおう》していた駅員《えきいん》が顔《かお》をのぞかせる。クリスは急《いそ》いで画面《がめん》から目《め》を離《はな》すと、笑《え》みを浮《う》かべながら首《くび》を振《ふ》った。

「いいえ、なんでもないです」

駅員《えきいん》が戻《もど》っていったのを確認《かくにん》してから、もう一度盗《いちどぬす》み見《み》る。右側《みぎがわ》の画面《がめん》に狙《ねら》いを付《つ》けて、ぐっと目《め》を凝《こ》らした。

間違《まちが》いない。

さっきいた四人《にん》だ。

くたびれたトレーナーの、大柄《おおがら》な背《せ》の高《たか》い人《ひと》。小柄《こがら》で、ジャンパーを着《き》た人《ひと》。ニット帽《ぼう》にシャツのラフなかっこうの人《ひと》。銀色《ぎんいろ》の眼鏡《めがね》をかけた、細身《ほそみ》の人《ひと》。
マイクを手《て》で押《お》さえて、口《くち》に近《ちか》づける。
場所《ばしょ》は――。
「一階《かい》の北側《きたがわ》にある待合室《まちあいしつ》に、四人全員《にんぜんいん》いるわ。入《はい》って右奥《みぎおく》にいる！」
『任《まか》せて！』
すみれの声《こえ》に重《かさ》なるように、大《おお》きな足音《あしおと》が聞《き》こえる。
突然《とつぜん》、ギギッと大《おお》きな音《おと》が聞《き》こえて、クリスは顔《かお》を上《あ》げる。
背後《はいご》にあった長《なが》イスの上《うえ》で、光一《こういち》がゆっくりと体《からだ》を起《お》こすところだった。
だんだん、喧騒《けんそう》がはっきり聞《き》こえてくる。

えっと、どこで眠《ねむ》ったんだっけ……。

たしか、風早《かぜはや》のじいさんと東京駅《とうきょうえき》で勝負《しょうぶ》することになって、追《お》いかけている途中《とちゅう》で、怪《あや》しい荷《に》物《もつ》を見《み》つけて。

大《おお》きなグレーのスーツケース。スマホが貼《は》りつけられた——。

そうだ、爆弾《ばくだん》！

体《からだ》の下《した》には、青色《あおいろ》の長《なが》イス。少《すこ》し薄暗《うすぐら》くて、ほこりっぽい部屋《へや》。無機質《むきしつ》な白《しろ》い壁《かべ》。ざわざわとした声《こえ》は、窓口《まどぐち》の向《む》こうから聞《き》こえる。

東京駅《とうきょうえき》の駅事務室《えきじむしつ》。横《よこ》にいるのは——驚《おどろ》いた顔《かお》のクリスだ。

「うまくいったみたいだな」

「今《いま》、ここの防犯《ぼうはん》カメラで、新幹線《しんかんせん》の待合室《まちあいしつ》にいる四人《にん》を見《み》つけたわ。インカムで、みんなに連《れん》絡《らく》したところで……」

クリスが、説明《せつめい》しながら言葉《ことば》を切《き》る。美少女《びしょうじょ》オーラ全開《ぜんかい》のまま、くすっと小《ちい》さく笑《わら》った。

「どうかしたのか？」

「あっ……ごめんなさい。寝癖《ねぐせ》がついてるのが、少《すこ》しおかしかっただけ」

……だから、人《ひと》に寝《ね》かされるのは好《す》きじゃないんだよな。

光一《こういち》は、ざっと頭《あたま》をかいて髪《かみ》を整《ととの》えた。

とにかく、ほっとしている場合《ばあい》じゃない。作戦《さくせん》は、まだ始《はじ》まったばかりだ。

しかも超特急《ちょうとっきゅう》の。

光一《こういち》はクリスと防犯《ぼうはん》カメラの画面《がめん》を食《く》い入《い》るように見《み》つめる。男《おとこ》四人《にん》が映《うつ》る二つ隣《となり》の画面《がめん》で、すみれが全速力《ぜんそくりょく》で走《はし》っていた。

まだ追《お》われていることに気《き》づいていないのか、四人《にん》のうち二人《ふたり》は座《すわ》ったままだ。けれど、全員《ぜんいん》がどこか落《お》ちつきなく周囲《しゅうい》に目《め》を配《くば》っていた。

「おれたちも行《い》こう」

光一《こういち》は、頭《あたま》を振《ふ》って眠気《ねむけ》を飛《と》ばすと、すぐに立《た》ちあがる。様子《ようす》を見《み》に来《き》た駅員《えきいん》が、ぎょっとして目《め》を見開《みひら》いた。

「だいじょうぶ!?」

「はい、もうだいじょうぶです。ありがとうございました」

光一《こういち》はさっと頭《あたま》を下《さ》げると、飛《と》びだすように駅事務室《えきじむしつ》のドアを開《あ》ける。新幹線《しんかんせん》の構内《こうない》に出《で》ると、急《いそ》いでインカムのヘッドセットをつけた。

「クリスは自分《じぶん》のペースで追《お》いかけてきてくれ。体力《たいりょく》が尽《つ》きないように、息《いき》が切《き》れない程度《ていど》でいい」

「徳川《とくがわ》くんは!?」

「おれは、すみれたちと合流《ごうりゅう》して、犯人《はんにん》を捕《つか》まえる！」

思《おも》わず大《おお》きな声《こえ》を出《だ》したせいで、周囲《しゅうい》にいた人《ひと》たちが振《ふ》りかえる。

けれど、そんな視線《しせん》を気《き》にしている時間《じかん》も惜《お》しい。

すみれを一人《ひとり》にしてるのが、一番《いちばん》……不安《ふあん》だ。

光一《こういち》は、防犯《ぼうはん》カメラの映像《えいぞう》を思《おも》いうかべながら、少《すこ》し薄暗《うすぐら》い構内《こうない》を迷《まよ》わず走《はし》りだした。

14 トツゲキ！　となりの爆弾犯《ばくだんはん》

『すみれ、そっちの様子《ようす》はどうだ？』

イヤホンから、突然光一《とつぜんこういち》の声《こえ》が聞《き》こえる。すみれは、息《いき》を潜《ひそ》めながらマイク越《ご》しに答《こた》えた。

「今《いま》のとこ、四人《にん》とも同《おな》じところにいるよ」

柱《はしら》のかげから片目《かため》だけ出《だ》して、ちらっと待合室《まちあいしつ》の中《なか》をのぞく。ガラス張《ば》りの待合室《まちあいしつ》の奥《おく》に、クリスが言《い》っていたとおり四人《にん》の男《おとこ》が陣取《じんど》っていた。

まちがいない。あたしがぶつかった人《ひと》たちだ。

四人《にん》とも、暗《くら》い顔《かお》をして神経質《しんけいしつ》そうにあたりの様子《ようす》をうかがっている。

『何《なに》か危険《きけん》そうなものは持《も》ってないか？』

「うーん、一人《ひとり》だけバッグを持《も》ってるけど、他《ほか》の人《ひと》は手《て》ぶらだし。危《あぶ》ないものを持《も》ってるようにも見《み》えないし……」

ぼそぼそと、マイクに向《む》かってささやく。四人《にん》の中《なか》で一番背《いちばんせ》の高《たか》い男《おとこ》がこちらを向《む》きそうになって、すみれは慌《あわ》てて柱《はしら》のかげに小《ちい》さな体《からだ》をかくした。

おっと、あぶないあぶない。見《み》つかったら、絶対怪《ぜったいあや》しまれるよね。

まわりにいる普通《ふつう》の人《ひと》からは、もうすでにヘンな目《め》で見《み》られてる気《き》がするけど。

「和馬《かずま》と光一《こういち》は、今《いま》どこにいるの？」

『オレはホームの半分《はんぶん》を過《す》ぎた。もう少《すこ》しで、五井《ごい》がいるほうの改札前《かいさつまえ》に降《お》りる』

『おれは、さっき駅《えき》の事務室《じむしつ》を出《で》たところだから、まだかかるな』

えっと、たしか二人《ふたり》が来《く》るのを待《ま》ってから、って作戦《さくせん》だったっけ。

すみれは二人《ふたり》の言葉《ことば》を聞《き》きながら、天井《てんじょう》を見上《みあ》げる。

一人《ひとり》で待《ま》ってるのは、なんだか落《お》ちつかない。飛《と》びだしたくて、うずうずする。

ほおをぱんと軽《かる》く叩《たた》いて気合《きあ》いを入《い》れると、もう一回《いっかい》、柱《はしら》から慎重《しんちょう》に様子《ようす》を探《さぐ》った。

さっきまでと同《おな》じ、一人《ひとり》、二人《ふたり》、三人《にん》……。

四人目《にんめ》の男《おとこ》が、イスから立《た》ちあがる。手提《てさ》げのバッグを持《も》って、歩《ある》きはじめた。

こっちに来《く》る！

すみれは、さっと柱《はしら》のかげにかくれる。待合室《まちあいしつ》の自動《じどう》ドアが動《うご》く音《おと》が、かすかに聞《き》こえた。

げっ、どうしよう。

「光一《こういち》。犯人《はんにん》たちが、移動《いどう》しはじめちゃったんだけど！」

『どっちに行《い》ってる!?』

「ええっと……」

おそるおそる、顔《かお》を出《だ》す。男《おとこ》たちは無言《むごん》のまま、示《しめ》しあわせたようにホームへと並《なら》んで足《あし》を向《む》けた。

あっ、しかも二手《ふたて》に分《わ》かれてるし！

「ホームに移動《いどう》するみたい。光一《こういち》、捕《つか》まえに行《い》ってもいい？」

『だめだ！　おれか風早《かざはや》が着《つ》くまで、もう少《すこ》し待《ま》て』

「でも、このままじゃ逃《に》げられちゃうよ!?」

せっかく、クリスががんばって見《み》つけてくれたのに。

それに、たくさんの人《ひと》を傷《きず》つけようとするやつなんて、絶対《ぜったい》に許《ゆる》せない。

四人《にん》が、二手《ふたて》に分《わ》かれてそれぞれ別《べつ》のホームへと階段《かいだん》を上《のぼ》ろうとする。すみれは、柱《はしら》のかげから、男《おとこ》たちをにらんだ。

「あたし、やっぱり行《い》く」

『だめだ。犯人《はんにん》たちの正体《しょうたい》がよくわからないから、無理《むり》はするなって説明《せつめい》しただろ!?』

「こういうときばっかり偉《えら》ぶらないでよね。光一《こういち》なんて、あたしより弱《よわ》いくせに！」

『だからこそ慎重《しんちょう》なんだろ！　四対《たい》一で飛《と》びだすのは、いくらすみれでも危《あぶ》ない』

もう、光一《こういち》のわからずや！

「そんなこと言《い》ったって、逃《に》げられちゃったらおしまいじゃん！」

むきになって、大声《おおごえ》で言《い》いかえす。はっと気《き》がつくと、マイクに向《む》かって叫《さけ》んだ声《こえ》が、天井《てんじょう》の高《たか》い通路《つうろ》にわんわんと反響《はんきょう》していた。

「あっ」

通《とお》りかかった人《ひと》が、反射的《はんしゃてき》にすみれを振《ふ》りかえる。

ホームへ続《つづ》く階段《かいだん》に足《あし》をかけていた男《おとこ》たちも、いつの間《ま》にか全員《ぜんいん》がすみれに視線《しせん》を向《む》けていた。

すみれが耳《みみ》に着《つ》けているヘッドセットに目《め》を留《と》めると、その視線《しせん》が鋭《するど》いものに変《か》わる。

……やっちゃった!?

「光一《こういち》、ごめん！」

『すみれっ……』

イヤホン越《ご》しに、光一《こういち》のかすれた声《こえ》を聞《き》きながら、すみれは柱《はしら》のかげから飛《と》びでる。

バレちゃったなら、しょうがない！

距離《きょり》が近《ちか》い二人組《ふたりぐみ》に向《む》かって、すみれは全速力《ぜんそくりょく》で駆《か》けよる。相手《あいて》が走《はし》りだすよりも早《はや》く、長身《ちょうしん》の男《おとこ》のトレーナーに手《て》をかけた。

階段《かいだん》の段差《だんさ》を利用《りよう》して、相手《あいて》の体《からだ》を引《ひ》っぱりながら、すばやく前《まえ》に入《はい》りこむ。ぐいんと、勢《いきお》いよく体《からだ》を回転《かいてん》させると、つかんでいた男《おとこ》の体《からだ》が、すみれの背中《せなか》に乗《の》りあげた。

「背負《せお》い投《な》げっ！」

どしん！

鈍《にぶ》い音《おと》とともに、男《おとこ》が階段《かいだん》から床《ゆか》に叩《たた》きつけられる。

「一本《いっぽん》！」

すみれは、びしっと指《ゆび》をつきたてる。

なんだ。けっこう余裕《よゆう》じゃん。

ええっと、あとは——あれ、どうしたらいいんだっけ。

「なんだ、てめぇ！」

すぐそばで声《こえ》が聞《き》こえて、はっとする。横《よこ》にいたもう一人《ひとり》の男《おとこ》が、突進《とっしん》してくるのが見《み》えた。

相手《あいて》の姿勢《しせい》が低《ひく》すぎて、つかみかかりにくい。

「げっ」

そっか。いつもは健太《けんた》もクリスも、和馬《かずま》もいるし、光一《こういち》がばっちり作戦《さくせん》を立《た》ててフォローしてくれるから、考《かんが》えなくても動《うご》けるけど。

今《いま》……あたし一人《ひとり》で飛《と》びだしちゃったんだ！

「このガキ、覚悟《かくご》しろ！」

男《おとこ》の姿《すがた》が、目前《もくぜん》に迫《せま》る。すみれは、ぐっと息《いき》をのんだ。

ガッシャーン！

ものすごい破壊音《はかいおん》がして、光一《こういち》は思《おも》わずイヤホンを外《はず》した。顔《かお》をしかめながら、なんとかはめなおす。

なんだ、今《いま》の音《おと》。もしかして——すみれに何《なに》かあったのか!?

想像《そうぞう》すると、とたんに冷《ひ》や汗《あせ》が流《なが》れる。

すみれの身体能力《しんたいのうりょく》はずば抜《ぬ》けてるから、けがの心配《しんぱい》を本気《ほんき》でしたことはあまりなかったけど。

「すみれ、聞《き》こえるか？　何《なに》があった!?」

『えっと……その』

弱々《よわよわ》しいすみれの声《こえ》が、くぐもって聞《き》こえる。

光一《こういち》は、焦《あせ》ったように声《こえ》を張《は》りあげた。

「風早《かぜはや》は、もう合流《ごうりゅう》したんだろ？　状況《じょうきょう》を教《おし》えてくれ」

『それが……オレが着《つ》いた時《とき》にはもう』

何《なん》で、二人《ふたり》とも歯切《はぎ》れが悪《わる》いんだ？　もしかして、二人《ふたり》そろってけがでも!?

光一《こういち》は息《いき》をつめて、さらに走《はし》る速度《そくど》を上《あ》げる。

やっと見《み》えてきた待合室《まちあいしつ》に向《む》かって叫《さけ》んだ。

「すみれ、だいじょうぶか!?」

「光一《こういち》！　あたしは、だいじょうぶだけど……」

すみれが、顔《かお》を引《ひ》きつらせながら、おずおずと振《ふ》りかえる。その足元《あしもと》には、投《な》げとばされたのか、大男《おおおとこ》が口《くち》を開《あ》けたまま倒《たお》れこんでいた。

横《よこ》にいた和馬《かずま》が、顔《かお》をしかめながら指《ゆび》さした

先《さき》では、スチール製《せい》のごみ箱《ばこ》が、無残《むざん》に折《お》れまがっている。

光一《こういち》は、おそるおそるごみ箱《ばこ》をのぞきこむ。男《おとこ》が頭《あたま》をつっこんでゴミに埋《う》もれたまま、ぴくりともせず止《と》まっていた。

「えっと、突進《とっしん》されたから、思《おも》わず跳《と》び箱《ばこ》をとぶみたいにジャンプして避《よ》けちゃったんだけど。そしたら、犯人《はんにん》ってば自分《じぶん》で止《と》まれなかったのか、ごみ箱《ばこ》に突《つ》っこんじゃって」

「あれは、痛《いた》そうだった」

和馬《かずま》が、同情《どうじょう》したようにため息混《いきま》じりにつぶやいた。

……心配《しんぱい》すべきだったのは、犯人《はんにん》のほうか。

でも、すみれに——二人《ふたり》にけががなくてよかった。

「残《のこ》りの男《おとこ》たちは？」

「——あそこだ」

和馬《かずま》が、小《ちい》さく叫《さけ》ぶと、もう一つ奥《おく》にある階段《かいだん》へと走《はし》りだす。

ニット帽《ぼう》をかぶった男《おとこ》と、眼鏡《めがね》の男《おとこ》が、他《ほか》の人《ひと》を押《お》しのけながら猛烈《もうれつ》な勢《いきお》いで階段《かいだん》を上《のぼ》っていた。和馬《かずま》は人《ひと》の波《なみ》に逆《さか》らって、その後《あと》を追《お》うように階段《かいだん》を駆《か》けのぼる。

「……光一《こういち》、ごめん。あたしのせいで見《み》つかっちゃって。ひどいことも言《い》ったし」

すみれが、肩《かた》を落《お》としながら小《ち》さくうつむく。ぐっと、我慢《がまん》するように唇《くちびる》をかんでいた。

なんか、すみれが気落《きお》ちしてるとやりにくいな。

光一《こういち》は、小《ち》さくため息《いき》をつきながら、頭《あたま》をかいた。

「別《べつ》にいいって。おれの見通《みとお》しが甘《あま》かった。すみれが一人《ひとり》で待《ま》てないっていうのを計算《けいさん》に――」

「……なにそれ」

ヤバい。これ以上《いじょう》はやぶ蛇《へび》だ。

「それより、問題《もんだい》は残《のこ》り二人《ふたり》だ」

それに、まだ気《き》になってることもある。

光一《こういち》は、もう一度《いちど》階段《かいだん》を見上《みあ》げる。

新幹線《しんかんせん》の二十・二十一番《ばん》ホーム。もうとっくに、他《ほか》の二人《ふたり》の姿《すがた》も、和馬《かずま》の姿《すがた》もその向《む》こうへ消《き》えていた。

15 キケンな新幹線《しんかんせん》

息《いき》を切《き》らしながら、光一《こういち》は階段《かいだん》を二段《だん》とばしで上《のぼ》る。

すみれには、駅員《えきいん》に事情《じじょう》を説明《せつめい》するために、さっきの場所《ばしょ》に待機《たいき》してもらっている。

走《はし》っていると、額《ひたい》からすっと一筋《ひとすじ》、汗《あせ》が垂《た》れた。

階段《かいだん》を上《のぼ》りきると、ホームのすぐ右手《みぎて》に、新幹線《しんかんせん》の長《なが》い車体《しゃたい》が止《と》まっている。

あの男《おとこ》たちは!?

人《ひと》でごった返《がえ》したホームに、目《め》を走《はし》らせる。けれど、乗車《じょうしゃ》を待《ま》つ客《きゃく》だらけで、探《さが》しようもない。

光一《こういち》は、焦《じ》れたようにインカムのマイクに声《こえ》をかけた。

「みんな。今《いま》、どこにいる?」

『風早《かぜはや》だ。オレは、ホームの真《ま》ん中《なか》あたりで、バッグを下《さ》げた眼鏡《めがね》の男《おとこ》を追《お》っている。悪《わる》いが、もう一人《ひとり》は別方向《べつほうこう》へ逃《に》げた。どこへ行《い》ったかはわからない』

『えっと、こちらクリス。わたしは、今《いま》すみれと合流《ごうりゅう》したところ。いっしょに、駅員《えきいん》さんに説明《せつめい》してるわ。だから、しばらく連絡《れんらく》がとれないかも』

「わかった。健太《けんた》は？」

『ぼくは、光一《こういち》の指示《しじ》でずっと新幹線《しんかんせん》の改札《かいさつ》の前《まえ》にいるよ。何《なに》か手伝《てつだ》いにいったほうがいい？』

「……いや、健太《けんた》はそこでいい。さっき説明《せつめい》したことを続《つづ》けててくれ」

『う、うん……』

ってことは、動《うご》けるのはおれと風早《かざはや》の二人《ふたり》だけか。

ガタン、とイヤホンから音《おと》がする。何《なに》かが、硬《かた》いものにぶつかったような――。

はあというため息《いき》に続《つづ》いて、和馬《かずま》の押《お》し殺《ころ》したような声《こえ》が聞《き》こえた。

『男《おとこ》が、二十番《ばん》ホームの清掃中《せいそうちゅう》の新幹線《しんかんせん》に乗《の》りこんだ。追《お》いかけようとしたら、ドアが閉《し》まった。いくつかのドア以外《いがい》は閉《し》めるようになっているらしい』

「清掃中《せいそうちゅう》の新幹線《しんかんせん》か……」

人《ひと》ごみにまぎれていない分《ぶん》、見《み》つけやすくはあるけど。

光一《こういち》は、新幹線《しんかんせん》の前《まえ》まで来《く》ると、長《なが》いホームを見《み》わたす。

乗客《じょうきゃく》が、新幹線《しんかんせん》の入《い》り口付近《ぐちふきん》に列《れつ》を作《つく》っている。遠《とお》くに見《み》える端《はし》の入《い》り口《ぐち》だけロープがかかり、清掃員《せいそういん》が出入《でい》りしていた。

「風早《かぜはや》。車両《しゃりょう》の前方《ぜんぽう》と後方《こうほう》に分《わ》かれて、はさみ撃《う》ちにしよう。おれは、後方《こうほう》から車両《しゃりょう》を進《すす》んでいくから、風早《かぜはや》は前方《ぜんぽう》から――」

『追《お》いかけるのは、オレ一人《ひとり》でいい』

「……どういうことだ？」

マイクに声《こえ》をかけたけれども、返事《へんじ》はない。

聞《き》こえなかったのか？

光一《こういち》は、新幹線《しんかんせん》の窓《まど》に映《うつ》った自分《じぶん》の顔《かお》を見《み》つめながら、イヤホンをかけ直《なお》した。

インカムの遠《とお》くで、キュッと足音《あしおと》が響《ひび》く。和馬《かずま》は、もう別《べつ》の入《い》り口《ぐち》から新幹線《しんかんせん》の中《なか》に入《はい》ったらしい。

周囲《しゅうい》の音《おと》が小《ち》さくなった中《なか》で、和馬《かずま》の声《こえ》がいつもよりはっきり聞《き》こえた。

『さっき、徳川《とくがわ》だって言《い》っていただろう。今回《こんかい》は、相手《あいて》のことが何《なに》もわからない。武器《ぶき》を持《も》っているかも不明《ふめい》だ。まだ他《ほか》にも、仲間《なかま》がかくれている可能性《かのうせい》もある』

『でで、でもっ、一人《ひとり》なんて危《あぶ》ないよ和馬《かずま》くん！』

『逆《ぎゃく》に、オレが一人《ひとり》で行《い》ったほうが確実《かくじつ》だ』

「おれが、信用《しんよう》できないからか？」

風早《かぜはや》も、じいさんとの勝負《しょうぶ》で、おれが何《なに》かをかくしていることなんて、わかってるはずだ。

『……それもある』

マイクの向《む》こうで、和馬《かずま》がいらだたしそうに声量《せいりょう》を上《あ》げた。

『でも、オレはみんなが危険《きけん》な目《め》にあうのは嫌《いや》なんだ！』

今《いま》の声《こえ》、風早《かぜはや》……だよな？

風早《かぜはや》が、こんなふうに、自分《じぶん》の気持《きも》ちを強《つよ》く主張《しゅちょう》するのなんて、初《はじ》めてじゃないか。

でも、少《すこ》しいらっとする。

……そんなの、こっちだって同《おな》じに決《き》まってるだろ。

光一《こういち》は、北側《きたがわ》へ向《む》けていた足《あし》を、くるりと反転《はんてん》させる。ホームを真《ま》っすぐ南側《みなみがわ》へ向《む》かって、新《しん》幹線《かんせん》に沿《そ》うように走《はし》りはじめた。

「おれだって、風早一人《かぜはやひとり》で安全《あんぜん》にこなせるなら任《まか》せる。でも、今回《こんかい》は一人《ひとり》じゃ難《むずか》しいはずだ。だから――こんなときのために、おれたちはみんなでクラブを組《く》んでるんだろ」

『……だが、その作戦《さくせん》は危険《きけん》すぎる。オレは犯人《はんにん》と遭遇《そうぐう》してもなんとかなるが、徳川《とくがわ》は――』

うっ。具体的《ぐたいてき》に心配《しんぱい》されると、若干《じゃっかん》プライドが傷《きず》つくな。

まあ、風早《かぜはや》から見《み》れば、おれの身体能力《しんたいのうりょく》じゃ心配《しんぱい》にもなるだろうけど。

「……それなら、もしもおれが危《あぶ》なくなったら、風早《かぜはや》がおれを助《たす》けてくれ。風早《かぜはや》が危《あぶ》なくなったら、おれが助《たす》ける」

新幹線《しんかんせん》の先頭車両《せんとうしゃりょう》が見《み》えてくる。掃除《そうじ》がすんだ清掃員《せいそういん》が、一人《ひとり》また一人《ひとり》と出《で》てきていた。

次《つぎ》の電車《でんしゃ》に乗《の》ろうと並《なら》んだ人《ひと》をかきわけながら、光一《こういち》ははっきりと言《い》った。

「おれは、風早《かぜはや》の技術《ぎじゅつ》や技能《ぎのう》だけを信《しん》じてるわけじゃない。風早自身《かぜはやじしん》を信《しん》じてるんだ。だから、風早《かぜはや》もおれ自身《じしん》を信《しん》じてくれ」

和馬《かずま》の返事《へんじ》を待《ま》たずに、一番後《いちばんうし》ろの車両《しゃりょう》から中《なか》に入《はい》る。すれちがった清掃員《せいそういん》の人《ひと》が驚《おどろ》いて、清《せい》掃道具《そうどうぐ》を取《と》りおとした。

「ちょっと、きみ！　まだ入《はい》っちゃだめだよ」

「すみません！」

一言《ひとこと》だけ返《かえ》すので、今《いま》はせいいっぱいだ。

ずらりと並《なら》んだ座席《ざせき》の間《あいだ》にある通路《つうろ》を、止《と》まることなく走《はし》る。はあはあと、自分《じぶん》の呼吸《こきゅう》がはっきりと聞《き》こえた。

どうせ新幹線《しんかんせん》に乗《の》るなら、旅行《りょこう》で乗《の》りたいんだけどな。

車両《しゃりょう》と車両《しゃりょう》の間《あいだ》にある、自動《じどう》ドアが開《ひら》く速度《そくど》がじれったい。思《おも》わずぶつかりそうになって、慌《あわ》てて足踏《あしぶ》みした。一両目《りょうめ》、二両目《りょうめ》──次々《つぎつぎ》と車両《しゃりょう》を駆《か》けぬける。

この新幹線《しんかんせん》は、全部《ぜんぶ》でえーっと、何両《なんりょう》だ？

焦《あせ》ってるせいか、頭《あたま》の回転《かいてん》が遅《おそ》い。

いくつ目《め》かのドアを抜《ぬ》ける。車両《しゃりょう》の先《さき》にある、次《つぎ》の自動《じどう》ドアがかすかに開《あ》いていた。

その奥《おく》にいるのは──眼鏡《めがね》の男《おとこ》だ。

あともう少《すこ》し……！

自動《じどう》ドアが閉《と》じきる前《まえ》に、次《つぎ》の車両《しゃりょう》へとすべりこむ。前《まえ》を走《はし》る男《おとこ》の背《せ》に向《む》かって、思《おも》いっきり叫《さけ》んだ。

「待《ま》て──！」

車両《しゃりょう》の真《ま》ん中《なか》で、男《おとこ》が足《あし》を止《と》めて振《ふ》りかえる。光一《こういち》の顔《かお》を見《み》て、ぎっと歯《は》を見《み》せた。

男《おとこ》の奥《おく》に、目《め》を向《む》ける。

幸《さいわ》い、清掃員《せいそういん》の姿《すがた》はない。他《ほか》の人《ひと》を巻《ま》きこまずにすむ今《いま》なら、一人《ひとり》でも捕《つか》まえられる。

「おまえ……さっきのガキの仲間《なかま》か！」

「コインロッカーにあんたたちが設置《せっち》してた爆弾《ばくだん》のことは、もう警察《けいさつ》に連絡《れんらく》ずみだ。今《いま》ごろは、もう撤去《てっきょ》がすんでるだろう」

「なんだと！」

「あきらめて大人《おとな》しく捕《つか》まるんだ。もう逃《に》げ道《みち》はない。警察《けいさつ》もすぐに来《く》る――！」

一気《いっき》にまくしたてながら、光一《こういち》は男《おとこ》に跳《と》びかかる勢《いきお》いで床《ゆか》を蹴《け》った。

逃《に》げるかと思《おも》った男《おとこ》は、なぜか動《うご》かない。立《た》ちどまったまま、肩《かた》にかけていたバッグに、手《て》を入《い》れた。

……まさか。

目《め》が、男《おとこ》の手元《てもと》に釘付《くぎづ》けになる。

男《おとこ》は、ぎこちない動《うご》きでスマホを取《と》りだす。その拍子《ひょうし》に、傾《かたむ》いたバッグの中《なか》に濃《こ》いグレーのかたまりが見《み》えて、光一《こういち》は息《いき》をのんだ。

あれは⁉

「来《く》るな！　それ以上近《いじょうちか》づいたら、これを爆破《ばくは》するぞ！」

前《まえ》につんのめるように、光一《こういち》は足《あし》を止《と》める。大《おお》きく目《め》を開《あ》けたまま、男《おとこ》が持《も》つバッグをじっと見《み》つめた。

あれは、もう一つの……爆弾《ばくだん》！

16 二人《ふたり》の決《き》め手《て》

男《おとこ》が、肩《かた》に下《さ》げていたバッグを、ぶるぶると震《ふる》える手《て》でつかむ。反対側《はんたいがわ》の手《て》にスマホをしっかりと持《も》ったまま、高《たか》くかかげた。

「こ、これを爆破《ばくは》されたくなかったら、おとなしくしろ！」

あのスーツケースの残《のこ》り半分《はんぶん》は、これだったのか。

どうする……！

起爆装置《きばくそうち》はたぶんあのスマホだ。あれを奪《うば》えば、なんとかなるけど——。

『光一《こういち》、聞《き》こえてる!?』

耳《みみ》に着《つ》けたインカムのイヤホンから、すみれの声《こえ》がガサガサと響《ひび》いた。声《こえ》だけで、十分《じゅうぶん》に焦《あせ》っているのがわかる。

『駅員《えきいん》の人《ひと》にさっきの男《おとこ》たちを引《ひ》きわたして、ホームまで戻《もど》ってきたとこ。今《いま》どこ？　車両《しゃりょう》が多《おお》くて、どこかわからないんだけど――』

「両手《りょうて》を上《あ》げるんだ。それと、そ、その耳《みみ》に着《つ》けてるやつを外《はず》せ！　どうせ、だれかと連絡《れんらく》をとってるんだろ！」

仕方《しかた》ないか。

……ブツッ

光一《こういち》は、インカムの電源《でんげん》を切《き》ると、イヤホンを耳《みみ》から外《はず》して足元《あしもと》に落《お》とす。男《おとこ》の挙動《きょどう》を少《すこ》しも見逃《みのが》すまいと視線《しせん》を向《む》けたまま、両手《りょうて》を上《あ》げた。

じわり、と一歩《ぽ》だけ前《まえ》に出《で》る。

「――それ以上近《いじょうちか》づくな！　近《ちか》づいたら、すぐに爆発《ばくはつ》させてやるっ」

車両《しゃりょう》の中心《ちゅうしん》にいた男《おとこ》が、震《ふる》える手《て》をスマホにかけたまま、じわりと後退《こうたい》する。

少《すこ》しでも脅《おど》かせば、本当《ほんとう》に爆破《ばくは》するかもしれない。

これ以上近《いじょうちか》づくのは、危険《きけん》だ。

光一《こういち》は、ゆっくりと足《あし》を止《と》めた。

「そうだ、それでいい。まだ死《し》にたくないだろ」

「それを爆発《ばくはつ》させたらどうなるか、わかってるのか？」

「もちろんだ。もともと、これはこの新幹線《しんかんせん》にしかけるつもりだったんだからな。車両《しゃりょう》を連結《れんけつ》してる部分《ぶぶん》に置《お》き去《ざ》りにするだろ？　おれたちが乗《の》った逃走用《とうそうよう》の新幹線《しんかんせん》が発車《はっしゃ》して、確実《かくじつ》に逃《に》げられる距離《きょり》まで離《はな》れたら、すぐに爆破《ばくは》するって予定《よてい》だったんだ」

……最低《さいてい》だな。

男《おとこ》をにらみつけるふりをして、光一《こういち》はその向《む》こうに目《め》を凝《こ》らす。

背後《はいご》にある自動《じどう》ドアは、閉《し》まったままだ。インカムの連絡《れんらく》が聞《き》こえないから、和馬《かずま》がどこにいるのかもわからない。

時間《じかん》をかせげば、風早《かぜはや》が来《き》てくれるかもしれないけど――。

「この駅《えき》に、友達《ともだち》だっているんだろ？　だったら、無駄《むだ》な抵抗《ていこう》はやめるんだな」

怒《いか》りで、全身《ぜんしん》が総毛立《そうけだ》つ。光一《こういち》は、一度大《どおお》きく深呼吸《しんこきゅう》をすると、できる限《かぎ》り冷静《れいせい》にと言《い》いきかせながら、男《おとこ》を見《み》つめた。

「なんでこんなことをするんだ？」

「話《はなし》をして時間《じかん》を稼《かせ》ぐつもりか。ま、いいさ。おれたちが力《ちから》を持《も》っていることを見《み》せるためだ」

光一《こういち》は、じりっと床《ゆか》を踏《ふ》む。スニーカーの下《した》で、だれかが散《ち》らかしたお菓子《かし》のくずが、嫌《いや》な音《おと》を立《た》てた。

「おれは、昔《むかし》からずっとばかにされてきたんだ。弱《よわ》いってな。だから、この爆破事件《ばくはじけん》の募集《ぼしゅう》をS《エス》NS《エヌエス》で見《み》かけて、参加《さんか》することにしたんだ。こんなに人《ひと》がたくさんいるところで爆弾《ばくだん》を爆発《ばくはつ》させれば、おれのことを弱《よわ》いと思《おも》っていたやつらも、考《かんが》えなおすだろ」

「それじゃあ、いっしょにいた男《おとこ》たちは、全員知《ぜんいんし》らないやつなのか？」

「ああ。どんなやつかも、どこに住《す》んでるのかも知《し》らない。でも、そのほうがいいのさ。お互《たが》いのことを知《し》らなければ、捕《つか》まっても素性《すじょう》がバレないから安心《あんしん》だろ。みんなバラバラだから、かえって信《しん》じられる」

男《おとこ》は、がなりたてながら、手《て》に持《も》った爆弾《ばくだん》をさらに高《たか》くかかげる。その表情《ひょうじょう》は、普通《ふつう》ではない気味《きみ》の悪《わる》い笑《え》みに見《み》えた。

「ははっ。ビビってるな。おまえも、この爆弾《ばくだん》が怖《こわ》いんだろ。だったら、もっと怖《こわ》がってみろ！」

……怖《こわ》いのは、当《あ》たり前《まえ》だろ。

じわりと、手《て》のひらに嫌《いや》な汗《あせ》をかく。

もしも爆弾《ばくだん》が爆発《ばくはつ》したら、ここにいる二人《ふたり》は、絶対《ぜったい》にただではすまない。具体的《ぐたいてき》なことを想像《そうぞう》しそうになって、光一《こういち》は横《よこ》に首《くび》を振《ふ》った。

密閉《みっぺい》された新幹線内《しんかんせんない》に、ホームの騒《ざわ》めきがくぐもって聞《き》こえる。明《あか》るい放送《ほうそう》の声《こえ》が、かすかに響《ひび》いていた。

男《おとこ》は、落《お》ちつきなく車内《しゃない》を見《み》まわす。興奮《こうふん》しているのか、その動《うご》きは異様《いよう》に機敏《きびん》で、抜《ぬ》け目《め》ない。

光一《こういち》は手《て》を上《あ》げたまま、思考《しこう》に集中《しゅうちゅう》する。

きっと、風早《かぜはや》は来《く》る。風早《かぜはや》は、世界一《せかいいち》クラブの――〈助《すけ》っ人《と》〉だから。

だから今《いま》、おれにできることは。

光一《こういち》は、男《おとこ》の奥《おく》にある自動《じどう》ドアをじっと見《み》つめる。心《こころ》を決《き》めたように、静《しず》かに口《くち》を開《ひら》いた。

「怖《こわ》がってるのは、あんただろ」

「何《なに》？」

「さっき『おまえも、この爆弾《ばくだん》が怖《こわ》いんだろ』って言《い》ったよな。つまり、本当《ほんとう》はあんたも怖《こわ》いんだ。その爆弾《ばくだん》は、どうせ自分《じぶん》で作《つく》ったものじゃないんだろ。さっき分《わ》かれた三人《にん》の中《なか》のだれかが作《つく》ったものなんじゃないか？　そんなあやしいシロモノに、自分《じぶん》の運命《うんめい》を預《あず》けてるなんてな」

「うるさいっ！」

男《おとこ》が、いらだたしそうにインカムを蹴《け》りとばす。爆弾《ばくだん》を手《て》に光一《こういち》に近《ちか》づくと、スマホを持《も》ったままえりをつかんで、ぐいっと引《ひ》きあげた。

「このっ！」

「おれだったら——おれの運命《うんめい》を預《あず》けられると思《おも》えるのは、信頼《しんらい》できる仲間《なかま》だけだ！」

目《め》の前《まえ》で笑《わら》ってみせると、えりをつかむ男《おとこ》の力《ちから》が、さらに強《つよ》くなる。

のどが、少《すこ》し苦《くる》しい。でも——もう一声《ひとこえ》だな。

「それに、力《ちから》を見《み》せつけたくてやるんだったら、その爆弾《ばくだん》をここで爆発《ばくはつ》させるのは、やっぱりやめたほうがいい」

「何《なに》？」

「今《いま》、おれたちが乗《の》ってるのは、北海道《ほっかいどう》行《い》きの新型《しんがた》の新幹線《しんかんせん》だ。新型《しんがた》の新幹線車両《しんかんせんしゃりょう》の窓《まど》には、ガラスじゃなくてポリカーボネートが使《つか》われている。防弾《ぼうだん》ガラスと同《おな》じ素材《そざい》だ」

光一《こういち》は不敵《ふてき》な笑《わら》いを浮《う》かべながら、真《ま》っすぐに窓《まど》を指《ゆび》さした。

「だから、ここで爆破《ばくは》しても、あんたが思《おも》うほど大《おお》きな爆発《ばくはつ》にはならない。けがをするのは、たぶんおれたちだけだ。残念《ざんねん》だったな。どうする？　それでも、ここで爆破《ばくは》するのか？」

「……ちくしょうっ！」

男《おとこ》は、持《も》っていたバッグを床《ゆか》に下《お》ろすと、両手《りょうて》で光一《こういち》のえりをつかんで引《ひ》きよせた。

「そんなに爆破《ばくは》してほしいんだったら、今《いま》すぐ――」

シューッ
二人《ふたり》の声《こえ》だけが響《ひび》いていた車内《しゃない》に、空気《くうき》が抜《ぬ》けるような音《おと》がする。

自動《じどう》ドアの音《おと》。

男《おとこ》が、ばっと振《ふ》りかえる。しっかりと閉《し》まっていたはずのドアはいつの間《ま》にか開《あ》いて、奥《おく》の車《しゃ》両《りょう》がのぞいていた。

男《おとこ》は、おそるおそるドアに近《ちか》づいて、顔《かお》を出《だ》す。震《ふる》えながら、すばやく左右《さゆう》を確認《かくにん》した。

「だれか、いるのか……!?」

まったく。

「風早《かざはや》は、いつも本当《ほんとう》にいいタイミングで来《く》るよな」

どさり、と男《おとこ》の頭上《ずじょう》から人影《ひとかげ》がとびおりてくる。

男《おとこ》が手《て》をにぎりこむ前《まえ》に、和馬《かずま》は下《した》から払《はら》いあげるようにスマホを弾《はじ》きとばす。宙《ちゅう》に舞《ま》いあがったスマホは、ガツンと音《おと》を立《た》てて床《ゆか》に落《お》ちると、光一《こういち》の足元《あしもと》へとすべった。

光一《こういち》は、すばやくスマホを拾《ひろ》いあげる。

早《はや》く電源《でんげん》をオフに——。

って、何《なに》かスマホに刺《さ》さってるぞ!?

よく見《み》ると、スマホの真《ま》ん中《なか》を串刺《くしざ》しにするように、棒手裏剣《ぼうしゅりけん》がしっかりと突《つ》き刺《さ》さっていた。

さっき、払《はら》いあげるときに刺《さ》したのか。とにかく、これで起爆《きばく》はできないはず——。

はっと、顔《かお》を上《あ》げる。爆弾《ばくだん》を奪《うば》われた男《おとこ》が、ナイフを取《と》りだしていた。

「こんのお！」

「徳川《とくがわ》！」

和馬《かずま》が呼《よ》ぶ声《こえ》が聞《き》こえる。ナイフを振《ふ》りあげた男《おとこ》に、光一《こういち》は自《みずか》ら一歩《ぽ》近《ちか》づいた。

男《おとこ》も、踏《ふ》みだしかけた和馬《かずま》も、大《おお》きく目《め》を見開《みひら》く。

「なにっ」

光一《こういち》は、ナイフをにぎった男《おとこ》の手《て》をそらしてかわすと、男《おとこ》の背後《はいご》に入《はい》る。手《て》をはたき落《お》とすように腕《うで》をからめとった。

そのまま、男《おとこ》の体《からだ》が空中《くうちゅう》で一回転《かいてん》するように頭《あたま》から前《まえ》へと押《お》しこむ。

「なっ、どうなって……！」

バーン！

男《おとこ》が、通路《つうろ》に倒《たお》れる。光一《こういち》に腕《うで》をつかまれたまま、しっかりと床《ゆか》にのびきっていた。

ふう……これで、なんとか一段落《いちだんらく》だな。

「風早《かぜはや》、おかげで助《たす》かった」

光一《こういち》は、ぱんぱんと手《て》を払《はら》う。振《ふ》りむくと、和馬《かずま》が目《め》を細《ほそ》めてじっと光一《こういち》を見《み》ていた。

「……心配《しんぱい》して、損《そん》した気分《きぶん》だ」

「おれは、別《べつ》に『戦《たたか》えない』なんて言《い》ってない」

合気道《あいきどう》を習《なら》ってるし、だてに毎日《まいにち》すみれに投《な》げられてるわけじゃない。

さすがに、すみれ本人《ほんにん》には勝《か》てないけど。

……でも、そんな非難《ひなん》するような目《め》で風早《かぜはや》に見《み》られると、居心地《いごこち》が悪《わる》いな。

光一《こういち》は天井《てんじょう》を見上《みあ》げて、きまりわるそうに首《くび》をかいた。

17 だれもしらない作戦《さくせん》

「はー。あっちこっち走《はし》りまわって、さすがに疲《つか》れちゃった……」

新幹線《しんかんせん》の改札《かいさつ》を抜《ぬ》けて、在来線《ざいらいせん》の構内《こうない》に戻《もど》ったところで、すみれが階段《かいだん》にへろへろと座《すわ》りこんだ。リュックからドリンクボトルを取《と》りだして、一気飲《いっきの》みしはじめる。

光一《こういち》も、その横《よこ》にどさりと腰《こし》を下《お》ろした。

捕《つか》まえた爆弾犯《ばくだんはん》は、やってきた駅員《えきいん》と警察《けいさつ》に引《ひ》きわたした。取《と》り逃《のが》したもう一人《ひとり》は、クリスが話《はな》した風貌《ふうぼう》を参考《さんこう》に、追跡中《ついせきちゅう》らしい。

風早警部《かざはやけいぶ》に、くわしいことは後《あと》できちんと説明《せつめい》するからと言《い》い訳《わけ》をして、さっさとこっちへ戻《もど》ってきたんだけど。

光一《こういち》は、左腕《ひだりうで》にはめた腕時計《うでどけい》を確認《かくにん》する。

勝負終了《しょうぶしゅうりょう》までの時間《じかん》は——。

「あと三十分《ぷん》か」

「ああああっ、和馬《かずま》くんのおじいちゃんとの勝負《しょうぶ》！」

光一《こういち》の横《よこ》に座《すわ》りかけていた健太《けんた》が飛《と》びあがる。すみれの隣《となり》で、クリスが不安《ふあん》そうに言《い》った。

「爆弾犯《ばくだんはん》を捕《つか》まえられたのはよかったけど……時間《じかん》がなくなっちゃったわね」

「どうするの？　光一《こういち》」

スポーツドリンクを飲《の》みきったすみれが、じっと探《さぐ》るように光一《こういち》の瞳《ひとみ》をのぞいた。

そろそろ、言《い》わないとな。

光一《こういち》は、みんなの視線《しせん》を受《う》けて、ごくりと息《いき》をのむ。思《おも》いきって口《くち》を開《あ》けた瞬間《しゅんかん》、柱《はしら》のそばから静《しず》かな和馬《かずま》の声《こえ》が聞《き》こえた。

「……あきらめよう」

すみれも健太《けんた》もクリスも、もちろん光一《こういち》も和馬《かずま》を見《み》かえす。和馬《かずま》は、爆弾《ばくだん》が撤去《てっきょ》されて、人《ひと》ごみの戻《もど》ってきた駅《えき》の中《なか》に視線《しせん》を向《む》けた。

「二時間近《じかんちか》くをかけても、じいさんにはぜんぜん追《お》いつけなかった。今《いま》から三十分《ぷん》がんばったところで、捕《つか》まえられるとは思《おも》えない」

「それは……そうだけど」

「でも、そうしたら和馬《かずま》が世界一《せかいいち》クラブで活動《かつどう》できなくなっちゃうじゃん！」

同意《どうい》したクリスの横《よこ》で、すみれが勢《いきお》いよく立《た》ちあがる。真剣《しんけん》な顔《かお》でつめよったすみれを、和馬《かずま》はちらりと見下《みお》ろした。

「……しょうがない。勝負《しょうぶ》をするというのは、そういうことだ。それは、この中《なか》で五井《ごい》が一番《いちばん》よくわかっているんじゃないか」

「それは、そうだけど。あたしが言《い》ってるのは、あきらめるか、あきらめないかってことで！」

「あああっ、落《お》ちついてよ二人《ふたり》とも～」

あわあわと健太《けんた》が二人《ふたり》の間《あいだ》に割《わ》って入《はい》る。すみれは、むーっと半目《はんめ》になって健太《けんた》と和馬《かずま》の顔《かお》を見《み》くらべると、すばやく背《せ》を向《む》けた。

「あたしは、和馬《かずま》が抜《ぬ》けるなんていや。一人《ひとり》ででも、おじいちゃんを探《さが》しに行《い》くから！」

「待《ま》て、すみれ！」

「止《と》めたってきかないから」

ああもう。すみれは本当《ほんとう》、思《おも》いたったら即行動《そくこうどう》だよな。

でも、ここですみれがいなくなるのは困《こま》る。そうなったら、本当《ほんとう》に負《ま》けだ。

走《はし》りだしたすみれの背中《せなか》に向《む》かって、光一《こういち》は早口《はやくち》で言葉《ことば》を浴《あ》びせた。

「じいさんを探《さが》すのは、おれの作戦《さくせん》を聞《き》いてからでもいいだろ」

「サクセン？」

すみれの足《あし》が、空中《くうちゅう》でぴたりと止《と》まる。くるりと振《ふ》りむいた顔《かお》は、思《おも》いっきり拍子《ひょうし》抜《ぬ》けしていた。

「作戦《さくせん》って……まだ作戦《さくせん》があるの!?」

「おれは、あきらめたなんて一言《ひとこと》も言《い》ってない」

「もしかして、光一《こういち》、かくしてた!? 早《はや》く教《おし》えてよ」

ものすごい速度《そくど》でユーターンしたすみれが、光一《こういち》の前《まえ》に走《はし》りよってくる。目《め》をきらきらと輝《かがや》かせながら、ずいと顔《かお》を近《ちか》づけた。

うっ。こんなに期待《きたい》されると、ちょっと言《い》いにくい。

光一《こういち》は、すみれから少《すこ》しだけ距離《きょり》をとりながら言《い》った。

「爆弾事件《ばくだんじけん》は、さすがにおれも予想《よそう》してなかった。でも、それ以外《いがい》の――じいさんとの勝負《しょうぶ》については、今《いま》のところおれの予想通《よそうどお》りに動《うご》いてる」

「どういうことだ？」

和馬《かずま》が、疑《うたが》うようなまなざしで、腕《うで》を組《く》む。

……ますます言《い》いにくい。

光一《こういち》は、みんなの視線《しせん》の気《き》まずさから逃《のが》れるように、こめかみに手《て》を当《あ》てた。

「じつは……バトル開始後《かいしご》の三時間《じかん》は、最初《さいしょ》から捨《す》ててたんだ」

「……え？」

細《ほそ》い声《こえ》でつぶやいたクリスが、驚《おどろ》いたように手《て》で口《くち》を押《お》さえる。すみれは、円《つぶ》らな瞳《ひとみ》をぱちぱちと何度《なんど》も動《うご》かした。

健太《けんた》は、飛《と》びあがる途中《とちゅう》みたいな、変《へん》なポーズで硬直《こうちょく》している。

そして——和馬《かずま》も切《き》れ長《なが》の目《め》を見開《みひら》いて、めずらしく小《ちい》さく口《くち》を開《あ》けていた。

「すすす、捨《す》ててたって!?」

「だから、捕《つか》まえられないだろうって、あきらめてたってことで——って!?」

「ちょっと、光一《こういち》〜！」

逃《に》げようとする前《まえ》に、すみれが肩《かた》をぐいとつかんでくる。全力《ぜんりょく》の怒《いか》りをこめて、思《おも》いっきり前《ぜん》後《ご》に揺《ゆ》さぶられた。

だから、あんまり言《い》いたくなかったんだ！

「じゃあ、あたしたちが一生懸命《いっしょうけんめい》走《はし》りまわってたのは、意味《いみ》がなかったってこと!?　めっちゃ大《たい》変《へん》だったのに！」

「ちがう！　もちろん、最初《さいしょ》のタイミングや、途中《とちゅう》で運《うん》よく捕《つか》まえられればいいとは思《おも》ってたけど。それに、意味《いみ》はある。むしろ、一生懸命追《いっしょうけんめいお》いかけてたことが、この作戦《さくせん》では重要《じゅうよう》なんだ」

「それじゃあ、作戦《さくせん》を成功《せいこう》させるために、徳川《とくがわ》くんはわざと、わたしたちに秘密《ひみつ》にしてたってこと……？」

「黙《だま》ってたのは、悪《わる》かった。でも、最初《さいしょ》にこの作戦《さくせん》を説明《せつめい》すると、みんな素振《そぶ》りがあやしくなって、失敗《しっぱい》するかもしれないと思《おも》ったんだ」

特《とく》に、すみれはろこつに手《て》を抜《ぬ》きそうだし。

……これは言《い》わないほうがいいな。

「結果的《けっかてき》に、みんなに本当《ほんとう》のことを言《い》わなかったのはごめん。でも、おれはどうしても、風早《かぜはや》のじいさんに勝《か》ちたいと思《おも》ったんだ。おれたちで」

ばかにされたからっていうのもあるけど、風早《かぜはや》を、世界一《せかいいち》クラブに残《のこ》したかったから。

だから、打《う》てる手《て》は全部《ぜんぶ》打《う》ちたかった。

「ぼくは、別《べつ》に気《き》にしてないよ。光一《こういち》が、そうしたほうがいいって思《おも》ったんだったら、それでよかったんじゃないかな」

「健太《けんた》……」

「ぼくじゃあ、あのおじいちゃんに勝《か》つ作戦《さくせん》なんて、考《かんが》えつかないし」

「わたしも……徳川《とくがわ》くんの判断《はんだん》を信《しん》じるわ」

「あたしたちにナイショにしといたんだから、よっぽどすごい作戦《さくせん》じゃないと、しょうちしないけど」

「時間《じかん》が惜《お》しい。早《はや》く作戦《さくせん》を説明《せつめい》してくれ。どんなにいい方法《ほうほう》だったとしても、時間切《じかんぎ》れになったらオレたちの負《ま》けだ」

光一《こういち》は、和馬《かずま》に向《む》かって強《つよ》くうなずく。一歩近《ぽちか》づいたみんなに向《む》かって、要点《ようてん》だけをまとめて伝《つた》えた。

光一《こういち》が最後《さいご》まで説明《せつめい》しおえると、すみれは胸《むね》の前《まえ》で両手《りょうて》をぎゅっとにぎりながら、明《あか》るい笑《え》みを浮《う》かべた。

「うん、それならいけそう！」

「たしかに、この作戦《さくせん》なら徳川《とくがわ》くんが秘密《ひみつ》にしてたのも、納得《なっとく》かも……」

「なあんだ。ぼくも、けっこう役《やく》に立《た》ってたんだ！」

みんなが、思《おも》い思《おも》いの意見《いけん》を口《くち》にする。

柱《はしら》の前《まえ》に戻《もど》った和馬《かずま》は、考《かんが》えるように伏《ふ》せていた瞳《ひとみ》を、ゆっくりと開《ひら》いた。

「徳川《とくがわ》。本当《ほんとう》に、この作戦《さくせん》でいいのか？」

盛《も》りあがった雰囲気《ふんいき》をさえぎるように、和馬《かずま》がよく響《ひび》く声《こえ》で言《い》った。

「普通《ふつう》に追《お》いかけるよりも、勝《か》てる可能性《かのうせい》が高《たか》い作戦《さくせん》だとは思《おも》う。でも、もしオレが失敗《しっぱい》したら、みんな負《ま》けることになる」

「それは、だれでも同《おな》じだ。でも、仲間《なかま》ってそういうもんだろ？」

お互《たが》いが、お互《たが》いを信頼《しんらい》して行動《こうどう》する。

そうじゃないと、作戦《さくせん》なんて立《た》てられるわけない。

言《い》わなくても、風早《かぜはや》だってもうわかるはずだ。

そう強《つよ》い思《おも》いをこめて、和馬《かずま》の黒《くろ》い瞳《ひとみ》をじっと見《み》つめた。

「それに、そろそろ風早《かぜはや》もあのじいさんに勝《か》ちたいって思《おも》ってるだろ？」

「……そうだな」

和馬《かずま》が、うっすらと口《くち》の端《はし》を上《あ》げながら、うなずいた。

今《いま》、笑《わら》ってたか？

でも、よく見《み》ると、もういつもの無表情《むひょうじょう》な和馬《かずま》に戻《もど》っている。光一《こういち》は、自分《じぶん》の口《くち》をへの字《じ》に曲《ま》げた。

あいかわらず、素直《すなお》じゃないよな。

すみれが、晴《は》れやかな顔《かお》で手《て》を高《たか》く上《あ》げた。

「じゃあ、決《き》まり！」

「それなら、早《はや》く準備《じゅんび》しないとな」

光一《こういち》は、立《た》ち上《あ》がってコインロッカーへと足《あし》を向《む》ける。後《うし》ろを振《ふ》りかえらなくても、みんながついてきているのはわかった。

これで、決着《けっちゃく》をつける。

風早《かぜはや》のために。おれたちのために。

「おれたちで、あのなめきったじいさんに、ひとあわ吹《ふ》かせよう」

光一《こういち》は、コインロッカーのカギを開《あ》けると、インカムを入《い》れていたバッグを取《と》りだす。その底《そこ》から、別《べつ》の小《ちい》さな包《つつ》みをつかみだした。

「世界一《せかいいち》クラブ、最後《さいご》の作戦開始《さくせんかいし》だ」

★18 バトルの終着駅《しゅうちゃくえき》

老女《ろうじょ》の変装《へんそう》をした達蔵《たつぞう》は、東京駅《とうきょうえき》の中央通路《ちゅうおうつうろ》をゆったりと歩《ある》いていた。駅《えき》のコインロッカーで起《お》きていた爆弾《ばくだん》の事件《じけん》で、さっきまでは張《は》りつめた空気《くうき》がただよっていた駅《えき》も、じょじょに落《お》ちつきを取《と》りもどしてきている。ほとんどの店《みせ》が営業《えいぎょう》を再開《さいかい》し、にぎわいを見《み》せはじめていた。

どうやら、爆弾事件《ばくだんじけん》の解決《かいけつ》には、光一《こういち》たち世界一《せかいいち》クラブのメンバーが関《かか》わっていたらしい。変装《へんそう》していた達蔵《たつぞう》も、改札《かいさつ》やホームに顔《かお》を出《だ》して、彼《かれ》らの様子《ようす》を少《すこ》しだけ探《さぐ》っていた。光一《こういち》たちがバタバタと犯人《はんにん》を追《お》いかける様子《ようす》を思《おも》いだして、達蔵《たつぞう》はにやりと笑《わら》った。

うむ。なかなか筋《すじ》は悪《わる》くないわい。光一《こういち》の作戦《さくせん》も、危《あぶ》なっかしいところがあって肝《きも》を冷《ひ》やしたが、そこそこ見事《みごと》じゃったしの。

「じゃが、その活躍《かつやく》と、わしとの勝負《しょうぶ》は別《べつ》じゃ」

そうつぶやきながら、通路《つうろ》の角《かど》を曲《ま》がる。さっき爆弾犯《ばくだんはん》たちが連行《れんこう》されていった、新幹線《しんかんせん》の改《かい》札前《さつまえ》に出《で》た。

事件《じけん》が解決《かいけつ》してから、メンバーはまた東京駅《とうきょうえき》の中《なか》に散《ち》ったようだ。そんな方法《ほうほう》では、達蔵《たつぞう》を捕《つか》まえることはできないと、まだわかっていないらしい。

ちらりと見《み》かけた光一《こういち》は、待合室《まちあいしつ》のイスで眠《ねむ》りこけていた。美雪《みゆき》から聞《き》いた話《はなし》によると、光一《こういち》は三時間《じかん》に一度《ど》眠《ねむ》ってしまうめずらしい体質《たいしつ》らしいから、そのせいだろう。

ほかほかとした、かぐわしい湯気《ゆげ》に心《こころ》を弾《はず》ませながら、達蔵《たつぞう》は誘《さそ》われるように通路《つうろ》を進《すす》む。

狙《ねら》いの店《みせ》を見《み》つけて、足《あし》を止《と》めた。

期間限定《きかんげんてい》。東京《とうきょう》では今《いま》だけ食《た》べられる、できたての特製団子《とくせいだんご》の店《みせ》だ。

今日《きょう》は朝《あさ》から、ずっと買《か》いたくてしょうがなかった。

「食《た》べられるのは今《いま》だけ！　期間限定《きかんげんてい》の大人気商品《だいにんきしょうひん》ですよ～」

店先《みせさき》で、店員《てんいん》が盛《さか》んに声《こえ》を上《あ》げている。

ショーケースの団子《だんご》は、もう残《のこ》り少《すく》ない。

このままでは、買《か》う前《まえ》に売《う》り切《き》れてしまう。

懐中時計《かいちゅうどけい》を出《だ》して、時間《じかん》を確認《かくにん》する。

勝負《しょうぶ》が終《お》わるまで、あと十分《ぷん》か。

変装《へんそう》もしておるし――光一《こういち》が寝《ね》とるなら、もうだいじょうぶじゃろ。

ほくほく顔《がお》をしながら、達蔵《たつぞう》は列《れつ》の最後尾《さいこうび》に並《なら》んだ。思《おも》ったよりもスムーズに、列《れつ》は前《まえ》に進《すす》んでいく。

いい調子《ちょうし》じゃ。これなら、ぎりぎり買《か》えそうじゃのう。

あっという間《ま》に、自分《じぶん》の番《ばん》がやってくる。もう一度《いちど》時計《とけい》を見《み》ると、勝負《しょうぶ》の残《のこ》り時間《じかん》はあと五分《ふん》になっていた。

「お客様《きゃくさま》、おいくつですか？」

ケースの前《まえ》に立《た》った店員《てんいん》が、声《こえ》をかけてくる。達蔵《たつぞう》は裏声《うらごえ》を出《だ》して、上機嫌《じょうきげん》で答《こた》えた。

「そうねえ。それなら、十本《ぽん》――」

ガチャン
「んん？」

変《へん》な音《おと》がしたと同時《どうじ》に、財布《さいふ》を持《も》っていた手《て》が重《おも》くなる。はっと目《め》を向《む》けると、手首《てくび》にプラスチック製《せい》の手錠《てじょう》がしっかりと巻《ま》きついていた。

「これは――」

「よかった。じいさんが、勝負《しょうぶ》が終《お》わる前《まえ》に来《き》てくれて」

生意気《なまいき》な声《こえ》が聞《き》こえて、ぎょっとしながら店員《てんいん》の顔《かお》をのぞきこむ。

制服《せいふく》の帽子《ぼうし》にかくれた顔《かお》は――。

「こっ、光一《こういち》！」

待合室《まちあいしつ》で眠《ねむ》っとるはずじゃないのか!?

「変装《へんそう》は、別《べつ》にじいさんの専売特許《せんばいとっきょ》じゃないってことだ。健太《けんた》とおれの身長《しんちょう》は、そんなに変《か》わらないから、服《ふく》をかえてイスに座《すわ》れば案外《あんがい》わからないだろ」

光一《こういち》は、そう言《い》いながら帽子《ぼうし》を取《と》ると、達蔵《たつぞう》を意地悪《いじわる》く見上《みあ》げた。

「この店《みせ》は、健太《けんた》の父《とう》さんが仕事《しごと》をしてるショッピングモールにも、前《まえ》に出店《しゅってん》してたんだ。その時《とき》のつてで、ちょっと手伝《てつだ》いをさせてもらえるよう、昨日《きのう》のうちに頼《たの》んでおいた」

「昨日《きのう》のうちにじゃと!?　ということは」

「そう。おれの狙《ねら》いは最初《さいしょ》から、たった一度《いちど》、このタイミングだったんだ」

はっと左手《ひだりて》を向《む》くと、人《ひと》ごみの中《なか》からすごい勢《いきお》いで近《ちか》づいてくる姿《すがた》が見《み》えた。

光一《こういち》の服《ふく》を着《き》た健太《けんた》と、鋭《するど》い瞳《ひとみ》のすみれ。二人《ふたり》が、少《すこ》しの動《うご》きも見逃《みのが》さないように、達蔵《たつぞう》を見《み》つめたまま走《はし》りよってくる。

光一《こういち》が、二人《ふたり》を見《み》つめながら、不敵《ふてき》に言《い》った。

「じいさんが狙《ねら》ったとおり、広《ひろ》くて人《ひと》が多《おお》いところでだれかを探《さが》すのは難《むずか》しい。相手《あいて》の逃《に》げ足《あし》が速《はや》ければなおのこと、不可能《ふかのう》に近《ちか》い。だから、発想《はっそう》を逆転《ぎゃくてん》させたんだ」

「逆転《ぎゃくてん》じゃと？」

「追《お》いかけようとするから難《むずか》しい。つまり、追《お》いかけない——そっちから来《き》てもらえるように仕《し》向《む》けたほうが、簡単《かんたん》だ」

あたりには、何事《なにごと》かと人《ひと》が集《あつ》まり始《はじ》めている。

達蔵《たつぞう》はすみれと反対側《はんたいがわ》の通路《つうろ》へ、じわりと重心《じゅうしん》を寄《よ》せる。光一《こういち》もそれに合《あ》わせて、体《からだ》の向《む》きを変《か》えた。

「そのために、最初《さいしょ》の三時間《じかん》は捨《す》てた。じいさん、あんたを徹底的《てっていてき》に油断《ゆだん》させるために。まあ、ちょっと予想《よそう》してなかった事態《じたい》は起《お》こったけど」

「なんでわしがここに来《く》るとわかったんじゃ!?」

「美雪《みゆき》さんが、じいさんは団子《だんご》に目《め》がないって言《い》ってたからな。情報収集《じょうほうしゅうしゅう》は、基本《きほん》だろ。それに、おれたちを見《み》くびって、財布《さいふ》は同《おな》じものを使《つか》ってたから、変装《へんそう》しててもすぐにわかった」

「こしゃくな手《て》を使《つか》いおって!」

達蔵《たつぞう》は、ばっと後《うし》ろにとびすさって、光一《こういち》から逃《のが》れる。けれど、すぐ後《うし》ろは新幹線《しんかんせん》の改札《かいさつ》で、これ以上逃《いじょうに》げさることはできなかった。

「今度《こんど》こそっ!」

短《みじか》い髪《かみ》を揺《ゆ》らしながら、すみれがつっこんでくる。

すみれちゃんには、捕《つか》まりたくないのう!

達蔵《たつぞう》は、反対側《はんたいがわ》の通路《つうろ》へとくるりと向《む》きを変《か》えた。

すばやく人《ひと》の波《なみ》を抜《ぬ》け、すぐ目《め》の前《まえ》にあったホームへ続《つづ》く階段《かいだん》へと紛《まぎ》れこむ。ずるりと変装用《へんそうよう》の服《ふく》を脱《ぬ》ぐと、隣《となり》にいた人《ひと》がぎょっとしたように距離《きょり》を取《と》った。

ホームの上《うえ》まで上《あ》がってから、背後《はいご》を振《ふ》りかえる。人《ひと》ごみの中《なか》には、すみれと健太《けんた》、光一《こういち》の姿《すがた》は見《み》えない。

ホームでは、次《つぎ》の電車《でんしゃ》を待《ま》つ人《ひと》が、ぽつぽつ行列《ぎょうれつ》を作《つく》っている。

達蔵《たつぞう》は、さっきつけられたおもちゃの手錠《てじょう》を、いまいましく見下《みお》ろした。

ふん。こんなものさっさと外《はず》して――。

「おじいちゃん！　こんなところにいたのね」

ホームの向《む》こうから、さわやかな女《おんな》の子《こ》の声《こえ》が響《ひび》いてくる。みんながいっせいに振《ふ》りかえるのにつられて、達蔵《たつぞう》も顔《かお》を上《あ》げた。

栗色《くりいろ》の長《なが》い髪《かみ》の女《おんな》の子《こ》が、うれしそうに手《て》を振《ふ》っている。

「おじいちゃん！」

「クリスちゃん!?」

クリスは、笑顔《えがお》のままホームを真《ま》っすぐに横切《よこぎ》って、達蔵《たつぞう》に駆《か》けよってくる。それにつられて、周囲《しゅうい》にいた人《ひと》たちも吸《す》いよせられるように達蔵《たつぞう》に目《め》を向《む》けた。

ま、マズいぞ！

達蔵《たつぞう》は、後《あと》ずさりながら逃《に》げだそうとする。けれど、背中《せなか》からだれかにぶつかって、道《みち》をさえぎられる。見知《みし》らぬ老人《ろうじん》が、にこにこと達蔵《たつぞう》に笑《わら》いかけた。

「いけませんぞ。せっかくあんなにかわいいお孫《まご》さんが追《お》いかけてきておるのに」

「いやあ、うらやましいかぎりですなあ」

「待《ま》ってくれ。それは違《ちが》うんじゃ」

「もう、おじいちゃんったら。おいていかないで！」

いつの間《ま》にか、達蔵《たつぞう》を取《と》りかこむように人《ひと》ができている。クリスが通《とお》りやすいように、ホームにできていた行列《ぎょうれつ》が、さっと割《わ》れた。

ぐぬう、まさかクリスちゃんに追《お》いつめられるとは！

向《む》かいに立《た》った老人《ろうじん》の腕時計《うでどけい》が、ちらっと目《め》に入《はい》る。

残《のこ》り時間《じかん》は、あと一分《ぷん》。

ええい、もうこうなったら。

達蔵《たつぞう》は、その場《ば》にぐっとしゃがみこむ。不思議《ふしぎ》そうに見《み》かえしてくる老人《ろうじん》の前《まえ》で、ひょいと飛《と》びあがった。

電車《でんしゃ》も来《き》ておらんし、屋上《おくじょう》に逃《に》げてしまえ！

「な、なんだ!?」

「ドラマの撮影《さつえい》か!?」

「ああっ！」

はるか後《うし》ろから、ざわめきに交《ま》じってクリスの悲鳴《ひめい》が聞《き》こえる。

達蔵《たつぞう》は、屋根《やね》の高《たか》さまで一気《いっき》にジャンプする。ひさしの端《はし》に手《て》をかけて、さらに上《うえ》へと飛《と》びあがった。

目《め》の前《まえ》に、たくさんのホームをおおう屋根《やね》が広《ひろ》がってみえる。

もう残《のこ》り時間《じかん》はほとんどない。勝利《しょうり》を確信《かくしん》して、達蔵《たつぞう》はにやりと笑《わら》った。

ふふふ、わしは勝《か》ったぞ！

軽《かろ》やかに、ホームの屋根《やね》に着地《ちゃくち》しようと体勢《たいせい》をとる。その瞬間《しゅんかん》——。

「甘《あま》い！」

「何《なに》!?」

背後《はいご》から、鋭《するど》い声《こえ》が飛《と》ぶ。振《ふ》りむいた瞬間《しゅんかん》、さっと強《つよ》い日光《にっこう》が当《あ》たって、達蔵《たつぞう》は目《め》を細《ほそ》めた。

ホームの上《うえ》——だれかが高層《こうそう》ビルの反射光《はんしゃこう》を背《せ》に、片膝《かたひざ》をついて身構《みがま》えている。

長《なが》い手足《てあし》を包《つつ》む、黒《くろ》っぽい服《ふく》。年《とし》の割《わ》りに高《たか》い背《せ》。

鋭《するど》い視線《しせん》は、そりがあわないあの息子《むすこ》とそっくりだ。

その手元《てもと》から、びゅっと鋭《するど》く縄《なわ》が伸《の》びる。足《あし》に当《あ》たったかと思《おも》った縄《なわ》が、見《み》る間《ま》に達蔵《たつぞう》の胴体《どうたい》にまでぐるぐると巻《ま》きついた。

……和馬《かずま》！

縄《なわ》の端《はし》を自分《じぶん》の腕《うで》に巻《ま》きつけた和馬《かずま》が、集中《しゅうちゅう》した表情《ひょうじょう》で縄《なわ》を自在《じざい》に操《あやつ》っていた。

ズドン！

ぐるぐる巻《ま》きにされた体《からだ》で、屋根《やね》の上《うえ》に不時着《ふじちゃく》する。懐《ふところ》に入《い》れていた懐中時計《かいちゅうどけい》が、ころころと転《ころ》げおちた。

近《ちか》づいてきた和馬《かずま》が、ふうと息《いき》を吐《は》きながら懐中時計《かいちゅうどけい》を拾《ひろ》いあげる。

――残《のこ》り時間《じかん》はあと十秒《びょう》。

達蔵《たつぞう》に時計《とけい》をかざして見《み》せたその顔《かお》は、めずらしく満足《まんぞく》そうに笑《わら》っていた。

「ジャンプ中《ちゅう》はすきができるから、タイミングに気《き》をつけるようにと教《おそ》わったからな」

「ええい、嫌味《いやみ》か！　今言《いまい》わんでいいわい！」

達蔵《たつぞう》は、和馬《かずま》と時計《とけい》の文字盤《もじばん》を見《み》くらべると、じたばたしながら大声《おおごえ》を上《あ》げた。

制服《せいふく》を返《かえ》した光一《こういち》は、長《なが》いホームをゆっくりと歩《ある》く。口《くち》がにやりと笑《わら》うのを止《と》められない。

電車《でんしゃ》が停《と》まらない端《はし》のところに、五人《にん》の人影《ひとかげ》が固《かた》まっている。一番手前《いちばんてまえ》に立《た》っていたすみれが、光一《こういち》に気《き》づいてぶんぶんと手《て》を振《ふ》った。

「光一《こういち》〜！　こっちこっち。おじいちゃん、捕《つか》まえたよ！」

「わしは、わざと捕《つか》まってやったんじゃ」

達蔵《たつぞう》がぶつぶつと文句《もんく》を言《い》いながら、一番奥《いちばんおく》にどっかりと座《すわ》りこんでいる。その体《からだ》には、まだぐるぐると縄《なわ》がからまったままだ。

風早《かぜはや》のやつ、思《おも》ったよりとことんやったな。

光一《こういち》は、その前《まえ》までようやくやってくると、ぐっと笑《わら》いをこらえながら言《い》った。

「さすがに、そのかっこうで『わざと捕《つか》まった』は無理《むり》があるんじゃないか？」

「ふん！　別《べつ》に、わしは今《いま》からだって、すぐにでも逃《に》げられるぞ。えいっ、このっ。んん？　案《あん》外《がい》、外《はず》れんな」

達蔵《たつぞう》が、ぐいぐいと腕《うで》を動《うご》かそうとする。横《よこ》に立《た》っていた和馬《かずま》が、縄《なわ》を引《ひ》きながらぽつりと言《い》った。

「じいさんが徳川《とくがわ》と無駄話《むだばなし》をしている間《あいだ》に、結《むす》び目《め》を増《ふ》やしておいた」

「こしゃくなことをしおって！　こしゃくといえば、光一《こういち》もじゃ。そもそも、なんじゃこの作戦《さくせん》は！　食《た》べ物《もの》で釣《つ》るなんて、ずるがしこいにもほどがあるじゃろ！」

「徹底的《てっていてき》に自分《じぶん》に有利《ゆうり》な場所《ばしょ》を選《えら》んだくせに、ずるがしこいなんて言《い》われたくないな。それに、本当《ほんとう》に釣《つ》られるじいさんが悪《わる》いんだろ」

「しかも、結局《けっきょく》、団子《だんご》は買《か》えんかったじゃないか！　期間限定《きかんげんてい》なんじゃぞ!?」

「あたしが言《い》うのもなんだけど、どんだけ食《く》い意地《いじ》はってるの……」

「本当《ほんとう》にお団子《だんご》が好《す》きなのね……」

すみれとクリスが、身《み》を引《ひ》きながらささやきあう。

「どうしてくれる！　賠償《ばいしょう》せい！」

「そう言《い》うだろうと思《おも》った」

光一《こういち》は、後《うし》ろにかくしていた袋《ふくろ》を、さっと取《と》りだす。ほんのりと温《あたた》かいいい香《かお》りが、あたりに広《ひろ》がった。

「そ、それは……！」

「さっき、最後《さいご》の一つを買《か》ってきたんだ。どうしても食《た》べたいなら、これを分《わ》けてもいいけど」

「本当《ほんとう》か！」

「ただし」

身《み》を乗《の》りだしてきた達蔵《たつぞう》を無視《むし》して、光一《こういち》は腕《うで》を組《く》む。ぷいと、そっけなく横《よこ》を向《む》いた。

「じいさんが『完全《かんぜん》に負《ま》けた』って認《みと》めるならな」

「ぐぬっ！」

達蔵《たつぞう》が、むせたようにうなり声《ごえ》を上《あ》げる。光一《こういち》の顔《かお》と、手元《てもと》にある団子《だんご》の袋《ふくろ》を何度《なんど》も見《み》くらべた。

しばらくして、五人《にん》の間《あいだ》に、か細《ぼそ》い声《こえ》が響《ひび》いた。

「……わしの……じゃ」

「よく聞《き》こえない」

光一《こういち》は、わざとらしく耳《みみ》に手《て》を当《あ》てる。達蔵《たつぞう》は、上《うえ》に顔《かお》を向《む》けると、やけになって叫《さけ》んだ。

「わかった！　わしの負《ま》けじゃ！　これでいいじゃろう！」

「それじゃあ、和馬《かずま》が世界一《せかいいち》クラブで活動《かつどう》するのも、認《みと》めるんだな？」

「……仕方《しかた》なかろう」

「やったあ！」

健太《けんた》が、どんと和馬《かずま》に後《うし》ろから飛《と》びつく。光一《こういち》は、ふうと息《いき》をはいた。

このじいさんの場合《ばあい》、ちゃんと言質《げんち》を取《と》っておかないと、後《あと》でどんな文句《もんく》を言《い》いだすかわからないからな。

「でも、これで一件落着《いっけんらくちゃく》……ん？」

ぐっと袋《ふくろ》をにぎりしめたはずが、手《て》には何《なん》の感触《かんしょく》もない。驚《おどろ》いて見下《みお》ろすと、さっきまで持《も》っていた袋《ふくろ》は、どこにもなかった。

「なに!?」

「ふふん。まだまだ甘《あま》いのう」

気《き》がつくと、いつの間《ま》にか縄《なわ》から抜《ぬ》けでた達蔵《たつぞう》が、横《よこ》で団子《だんご》をほおばっている。和馬《かずま》が、はっと手《て》に持《も》っていた縄《なわ》の先《さき》に目《め》を向《む》けた。そこはもう、もぬけのからだ。

「まあ、今回《こんかい》は負《ま》けたが、わしの実力《じつりょく》はまだまだこんなもんではないぞ。それに、やっぱりずるいのう。和馬《かずま》ばっかりかわいい女《おんな》の子《こ》と……」

達蔵《たつぞう》は、もぐもぐと団子《だんご》を食《た》べながら、さっとクリスとすみれの間《あいだ》に回《まわ》りこむ。残《のこ》りの団子《だんご》を勧《すす》めながら、クリスに笑《わら》いかけた。

「そうじゃ！　わしも、世界一《せかいいち》クラブに入《はい》ろうかのう。どうじゃ？　クリスちゃん」

「そ、それは……ちょっと……」

「……おじいちゃん」

すみれが、すうっと達蔵《たつぞう》に近《ちか》よる。光一《こういち》から見《み》えた小《ちい》さな背中《せなか》は、怒《いか》りの混《ま》じったオーラを放《はな》っていた。

ヤバい。触《さわ》らぬ神《かみ》にたたりなし、だ。

何《なに》が起《お》こるかわからないものの、ただならぬ気配《けはい》を察《さっ》したらしい。達蔵《たつぞう》は口《くち》の端《はし》を引《ひ》きつらせながら、じわりと後《あと》ずさった。

「な、なんじゃ？　すみれちゃん」

「おじいちゃんは、いちいち……」

すみれは、カッと目《め》を見開《みひら》いて達蔵《たつぞう》のそでをつかむ。すばやく左足《ひだりあし》を引《ひ》いて、達蔵《たつぞう》を担《かつ》ぐように体《からだ》をひねった。

ぐいんと、達蔵《たつぞう》の体《からだ》が浮《う》かびあがる。

「おおうっ!?」

「うるさーいっ！」

ドシーン！

達蔵《たつぞう》が、いきおいよく地面《じめん》に叩《たた》きつけられる。達蔵《たつぞう》の手《て》からポーンと飛《と》ばされた団子《だんご》を、和馬《かずま》が空中《くうちゅう》で器用《きよう》にキャッチした。

「体落《たいお》とし、一本《いっぽん》！」

すみれは、びしっと空《そら》に向《む》かって指《ゆび》を突《つ》きたてた。

19 ㊗初《しゅくはつ》・打《う》ちあげ！

ゴールデンウィークの半《なか》ばは雨続《あめつづ》きだったのに、最終日《さいしゅうび》はじりじりと暑《あつ》いくらいの晴天《せいてん》になった。

商店街《しょうてんがい》の入《い》り口《ぐち》に立《た》った光一《こういち》は、上着《うわぎ》のそでをしっかりとまくる。それだけで、つっと首筋《くびすじ》に汗《あせ》が流《なが》れた。

こんなに暑《あつ》いなら、半《はん》そでにすればよかった。でも、アイスを食《た》べるにはちょうどいい気温《きおん》だな。

ちらっと、腕時計《うでどけい》を見《み》る。家《いえ》で眠《ねむ》ってきたから、三時間《じかん》にはまだまだ余裕《よゆう》がある。

でも、もう集合時間《しゅうごうじかん》だぞ？

家《いえ》を出《で》る時《とき》に、ついでにすみれの家《いえ》に寄《よ》ったら、もう出《で》かけたって言《い》われたんだけど。

「お待《ま》たせ～！」

大《おお》きな声《こえ》に、道行《みちゆ》く人《ひと》が振《ふ》りかえる。光一《こういち》も、つられて顔《かお》を上《あ》げた。

満面《まんめん》の笑《え》みのすみれが、手《て》を振《ふ》りながら横断歩道《おうだんほどう》を渡《わた》ってくる。横《よこ》には、大《おお》きな紙袋《かみぶくろ》を持《も》ったクリスもいっしょだ。よく見《み》ると、すみれも同《おな》じ袋《ふくろ》を持《も》っている。

すみれは、紙袋《かみぶくろ》をガサガサと言《い》わせながらいきおいよく走《はし》ると、光一《こういち》の前《まえ》でぴたりと止《と》まった。

「ごめん！　ちょっとだけ遅《おそ》くなっちゃった」

「待《ま》たせてごめんなさい。その……すみれは悪《わる》くないの。昨日《きのう》の夜《よる》に電話《でんわ》をした時《とき》に、みんなにお土産《みやげ》を持《も》っていくつもりだって言《い》ったら、運《はこ》ぶのを手伝《てつだ》ってくれて……」

「だって、四人分《にんぶん》だもん。クリス一人《ひとり》で運《はこ》ぶのは大変《たいへん》でしょ？　それに、クリスの家《いえ》にも前《まえ》から行《い》ってみたかったんだ」

「……ありがとう」

クリスが、はにかみながらうつむく。

思《おも》ってたより、仲良《なかよ》くなってるんだな。

紙袋《かみぶくろ》を持《も》ちなおしながら、すみれがきょろきょろとあたりを見《み》まわした。

「あれ、健太《けんた》は？　健太《けんた》の家《いえ》が、ここから一番近《いちばんちか》いよね」

「お〜い、みんな！　ここっ、わあああ！」

すみれたちがやってきたのとは反対方向《はんたいほうこう》、商店街《しょうてんがい》の奥《おく》から、どしんとこける音《おと》が響《ひび》く。三人《にん》が振《ふ》りかえると、健太《けんた》が通路《つうろ》のど真《ま》ん中《なか》で、顔《かお》から地面《じめん》に突《つ》っこんでいた。

「……だいじょうぶか？　健太《けんた》」

「あはは、だいじょうぶだいじょうぶ」

健太《けんた》が、笑《わら》いながらむっくりと体《からだ》を起《お》こす。砂《すな》をぱんぱんと払《はら》うと、心配《しんぱい》そうに見守《みまも》っていた光一《こういち》たちに走《はし》りよった。

「遅《おく》れてごめんね。何《なん》のアイスにしようか、家《いえ》で決《き》めていこうと悩《なや》んでたら、あっという間《ま》に時間《じかん》が過《す》ぎちゃっててさあ」

「食《た》べ物《もの》に関《かん》しては、ちゃんと予習《よしゅう》するんだな」

「それはそうだよ。だって楽《たの》しみだからね」

「健太《けんた》って、東京駅《とうきょうえき》で勝負《しょうぶ》した日《ひ》も、帰《かえ》りにアイスを買《か》ってなかった……？」

クリスが、口《くち》に手《て》を当《あ》てて考《かんが》えこみながら、ぽつりとつぶやく。健太《けんた》は、ふふふと自信《じしん》たっぷりに胸《むね》をはった。

「それはそれ、これはこれだよ！」

それは、ぜんぜん自慢《じまん》になってない。

「あとは、風早《かぜはや》だけか――」

「もういる」

後《うし》ろから、突然《とつぜん》とんと肩《かた》を叩《たた》かれる。光一《こういち》は、思《おも》わず出《で》かかった声《こえ》をなんとか飲《の》みこんだ。

このパターンはもう三度目《どめ》だ。いくらなんでも、もう驚《おどろ》かされないぞ。

いつも通《どお》りの顔《かお》を作《つく》って、ゆっくりと後《うし》ろを振《ふ》りむいた。

「風早《かぜはや》――」

名前《なまえ》を呼《よ》びながら、背後《はいご》をしっかりと確認《かくにん》する。けれど、そこにはだれもいない。

……おかしいな。絶対《ぜったい》に後《うし》ろにいると思《おも》ったんだけど。

首《くび》をひねりながら、正面《しょうめん》に顔《かお》を戻《もど》す。視界《しかい》の斜《なな》め上《うえ》に無表情《むひょうじょう》な顔《かお》が入《はい》って、思《おも》わず声《こえ》を上《あ》げた。

「わっ！」

風早《かぜはや》。いつの間《ま》に!?

「ついさっきまで、後《うし》ろにいなかったか!?」

「反応《はんのう》が遅《おそ》かったから、前《まえ》に回《まわ》りこんだ」

和馬《かずま》は、不思議《ふしぎ》そうに目《め》を細《ほそ》めて、じっと光一《こういち》を見下《みお》ろしている。光一《こういち》は、だれもいない後《うし》ろと和馬《かずま》の顔《かお》を見《み》くらべると、ため息《いき》をついた。

おれの寿命《じゅみょう》が、じわじわ縮《ちぢ》んでる気《き》がする……。

「……悪《わる》い」

「とにかく、食《た》べに行《い》こう。けっこう並《なら》んでるし」

気《き》を取《と》りなおして、光一《こういち》は行列《ぎょうれつ》へと歩《ある》きはじめる。小《ちい》さな店先《みせさき》から続《つづ》く列《れつ》は、ぐるりと店《みせ》の前《まえ》にあるスペースを一周《しゅう》していた。

最後尾《さいこうび》に並《なら》ぶと、後《うし》ろから夏《なつ》みたいな強《つよ》い日差《ひざ》しがじりじりと照《て》りつけた。

クリスが、帽子《ぼうし》を深《ふか》くかぶりなおす。はっとしたように、手《て》に持《も》っていた紙袋《かみぶくろ》を広《ひろ》げると、小《ちい》さな袋《ふくろ》を取《と》りだした。

「えっと……イギリスに行《い》ったときにみんなにお土産《みやげ》を買《か》ってきたの。今《いま》のうちに渡《わた》しておくね。紅茶《こうちゃ》とビスケットなんだけど……」

「もらってもいいの!?　クリスちゃん、ありがとう」

「袋《ふくろ》のデザインもかわいいよね。さすがクリスってかんじ。あたしも、大会《たいかい》で出《で》かけたところでお土産《みやげ》買《か》ったから、明日《あした》学校《がっこう》に持《も》っていくね」

クリスが、はにかみながらみんなに袋《ふくろ》を渡《わた》していく。光一《こういち》も、受《う》けとった袋《ふくろ》をまじまじと見《み》つめた。

「ありがと。おれは出《で》かけてないけど、母《かあ》さんがたくさんお土産《みやげ》を買《か》ってくるはずだから、おれも何《なに》か持《も》っていく」

「そういえば結局《けっきょく》、光一《こういち》はゴールデンウィークの間《あいだ》、何《なに》してたの？」

健太《けんた》が、もらったビスケットの袋《ふくろ》をさっそく開《あ》けて、ばりばりと食《た》べながらたずねる。光一《こういち》は、ポケットからスマホを取《と》りだした。

「おれは、家《いえ》で本《ほん》を読《よ》みながら、例《れい》の爆弾《ばくだん》テロ未遂事件《みすいじけん》を追《お》ってたんだ」

光一《こういち》は、ニュースの画面《がめん》を開《ひら》く。みんなから見《み》えるように、スマホを持《も》ちなおした。

『ゴールデンウィーク初日《しょにち》に東京駅《とうきょうえき》で発生《はっせい》した爆弾《ばくだん》テロ事件《じけん》は、爆発物《ばくはつぶつ》を発見《はっけん》した乗客《じょうきゃく》による通《つう》報《ほう》で、未遂《みすい》に終《お》わった。一時《いちじ》は、ゴールデンウィークの東京駅《とうきょうえき》から乗客《じょうきゃく》が退避《たいひ》する事態《じたい》に発展《はってん》したものの、幸《さいわ》い負傷者《ふしょうしゃ》は出《で》なかった。

警察《けいさつ》は、爆発物《ばくはつぶつ》の設置《せっち》を行《おこな》ったとして、爆発物取締罰則違反《ばくはつぶつとりしまりばっそくいはん》の疑《うたが》いで容疑者《ようぎしゃ》三人《にん》を現行犯逮捕《げんこうはんたいほ》し、爆弾《ばくだん》の出所《でどころ》や目的《もくてき》などを聴取《ちょうしゅ》するとともに、逃亡《とうぼう》した残《のこ》り一名《めい》の捜索《そうさく》に全力《ぜんりょく》を挙《あ》げている。

逮捕《たいほ》された三人《にん》は、出身国《しゅっしんこく》や経歴《けいれき》につながりはなく、海外《かいがい》のテロ活動《かつどう》を行《おこな》う組織《そしき》に、SNS《エスエヌエス》を通《つう》じて利用《りよう》されたものとみられ――』

「捕《つか》まった男《おとこ》たちは、他《ほか》の爆弾事件《ばくだんじけん》も計画《けいかく》していたらしいんだけど、それも調《しら》べが進《すす》んで未然《みぜん》に防《ふせ》ぐことができたみたいだ。おれたちが、東京駅《とうきょうえき》を走《はし》りまわった意味《いみ》はあったみたいだな」

できれば、もうあんなに走《はし》りつづけたくないけど。

「でも、残《のこ》りの一人《ひとり》は見《み》つかってないんだよね。どこに行《い》っちゃったのかなあ」

「防犯《ぼうはん》カメラには映像《えいぞう》が残《のこ》ってるはずだから、それをもとに警察《けいさつ》が見《み》つけだしてくれるといいけどな」

「……やっぱり犯人《はんにん》を逃《に》がしちゃったのって、あたしのせい？」

すみれが、申《もう》し訳《わけ》なさそうにうつむく。横《よこ》にいたクリスが、慌《あわ》てて首《くび》を振《ふ》った。

「あれだけ人《ひと》がいたんだもの、仕方《しかた》ないわ。それに……すみれは大活躍《だいかつやく》だったと思《おも》うし」

「そうだな。この中《なか》で、二人《ふたり》も捕《つか》まえたのは、すみれだけなんだし」

「そうそう。ぼくなんて、お店《みせ》の見《み》はりしてただけだしさあ……あ、次《つぎ》だよ！　ぼくたちの番《ばん》！」

小《ちい》さな店先《みせさき》にある透明《とうめい》なケースに、カラフルなアイスがずらりと並《なら》んでいる。よく冷《ひ》やされたケースの冷気《れいき》が、ひんやりと光一《こういち》たちのところにまで届《とど》いた。

すみれが、ケースに張《は》りついて歓声《かんせい》を上《あ》げる。

「わー、めっちゃたくさんあって迷《まよ》っちゃう！　色《いろ》もきれいでかわいいし。うーん、でも、早《はや》く決《き》めないとね」

振《ふ》りかえると、いつの間《ま》にか後《うし》ろにも同《おな》じように行列《ぎょうれつ》ができている。

たしかに、ここで長々《ながなが》と迷《まよ》うと迷惑《めいわく》だ。

腕《うで》を組《く》んでうなっていたすみれが、ぱっと笑顔《えがお》になってすばやくケースを指《ゆび》さした。

「とりあえず、レモンとしゅわっとするアメが交《ま》ざってるミントと、ハートのチョコ入《い》りのイチゴと！　あとあと……あっ、期間限定《きかんげんてい》のラムネ入《い》りピーチ！」

「どこが『とりあえず』だ！」

「ぼくはメロンとチーズケーキと、キャラメルとパイナップルと！」

健太《けんた》も、すみれに負《ま》けじと自分《じぶん》の好《す》きなアイスを片《かた》っぱしから言《い》っていく。

二人《ふたり》とも、お腹壊《なかこわ》すぞ。

っていうか、そんな数《かず》、重《かさ》ねられるのか？

肩《かた》を落《お》としながら、光一《こういち》はケースの向《む》こうの店員《てんいん》へ、視線《しせん》を向《む》けた。

「あずきとバニラをお願《ねが》いします」

「ええっと、わたしは……ラムレーズンと、ストロベリーを……」

「チョコミント」

「少々《しょうしょう》お待《ま》ちください」

店員《てんいん》のお姉《ねえ》さんが、手早《てばや》くアイスを積《つ》みあげていく。光一《こういち》は、横《よこ》に並《なら》んでいた和馬《かずま》を、横目《よこめ》で見上《みあ》げた。

「そういえば、風早《かぜはや》。あれから、じいさんはどうなんだ？」

「いちおう、オレたちのことは認《みと》めてくれたみたいだ。ただゴールデンウィーク中《ちゅう》も、修行《しゅぎょう》のたびに文句《もんく》は言《い》っていた」

「まったく、あのじいさんらしいな。でも、これでもう顔《かお》を見《み》なくてすむと思《おも》えば――」

「お姉《ねえ》さん。抹茶《まっちゃ》とコーヒーを追加《ついか》してくれんか。あ、あとオレンジものせてくれるかのう」

突然《とつぜん》、右側《みぎがわ》からのんきな声《こえ》が聞《き》こえてきて、光一《こういち》は財布《さいふ》を落《お》としそうになった。

いつの間《ま》にやってきたのか、達蔵《たつぞう》が横《よこ》からひょっこりと顔《かお》を出《だ》している。

「げっ、じいさん！」

「げっ、とはなんじゃ。失礼《しつれい》じゃのう。おごってやるって約束《やくそく》したじゃろうが」

そう言《い》って、ただ来《き》たかっただけなんじゃないのか？　お金《かね》は、風早《かざはや》に預《あず》ければいいわけだし。

「それとも、忘《わす》れとったのか？　世界一《せかいいち》の天才少年《てんさいしょうねん》のくせに、情《なさ》けないのう」

じいさんが、偉《えら》そうに胸《むね》をはる。光一《こういち》は、ちらっと横《よこ》に並《なら》んだすみれを見《み》ながら言《い》った。

「よかったな、すみれ。じいさんが、まだまだ頼《たの》んでいいってさ」

「ホント!? じゃあ、チョコチップとナッツとパッションフルーツ追加《ついか》で！」

「すみれちゃんは、わしを破産《はさん》させる気《き》か!?」

「じいさん、文句《もんく》でもあるのか？　勝負《しょうぶ》に勝《か》ったのはおれたちだろ」

「ぐぬう……」

達蔵《たつぞう》が、うなりながらパチンと財布《さいふ》の口《くち》を開《あ》ける。すみれはご機嫌《きげん》で、職人技《しょくにんわざ》を駆使《くし》して積《つ》まれた二つのアイスを、危《あぶ》なげなく受《う》けとった。

そのアイス、よく持《も》てるな。さすがのバランス感覚《かんかく》ってことか。

みんなアイスを受《う》けとって、すぐに行列《ぎょうれつ》から離《はな》れる。商店街《しょうてんがい》の入《い》り口脇《ぐちわき》にある、車《くるま》のまばらな駐車場《ちゅうしゃじょう》に集《あつ》まった。

「少《すこ》し、納得《なっとく》いかんがのう……」

達蔵《たつぞう》は、財布《さいふ》をしまうとムムと眉間《みけん》にしわを寄《よ》せる。和馬《かずま》と、四人《にん》の顔《かお》をひとしきり見《み》つめてから、急《きゅう》ににやっとだらしなく笑《わら》った。

……なんだ!?

「のう、光一《こういち》。やっぱりわしも世界一《せかいいち》クラブに入《はい》れんか？　今《いま》なら、特別《とくべつ》に協力者《きょうりょくしゃ》になってやるぞ？」

「絶対《ぜったい》に、い・や・だ！」

「ひどいのう。そんなに遠慮《えんりょ》せんでいいぞ？」

って、じいさんは大人《おとな》だろ!?

達蔵《たつぞう》が、こびるように光一《こういち》にすり寄《よ》る。その奥《おく》に、長《なが》いアイスを持《も》ったすみれの姿《すがた》が、ふらりと揺《ゆ》らめいた。

「おじ〜ちゃ〜ん……」

「すっ、すみれちゃん！　冗談《じょうだん》じゃよ、冗談《じょうだん》」

達蔵《たつぞう》は、ぎこちない動《うご》きで遠《とお》ざかる。すみれと十分《じゅうぶん》に距離《きょり》を取《と》ってから、光一《こういち》をぎっとにらみつけた。けれど、もう足《あし》は半分走《はんぶんはし》りだしている。

「そのうち再戦《さいせん》してやるからのう。今《いま》に見《み》ておれ！」

捨《す》てゼリフを残《のこ》して走《はし》りさっていく達蔵《たつぞう》を見送《みおく》りながら、健太《けんた》がぽつりと言《い》った。

「すみれに投《な》げられたのにまたくるなんて、おじいちゃんすっごくタフなんだね。さすが、和馬《かずま》くんのおじいちゃんだなあ！」

健太《けんた》。何《なん》か感心《かんしん》するところ、違《ちが》うんじゃないか？

まあでも、これで正真正銘《しょうしんしょうめい》、じいさんは撃退《げきたい》だな。

光一《こういち》は、アイスを食《た》べようと口《くち》を開《あ》ける。突然《とつぜん》、妨害《ぼうがい》するように、すみれが大声《おおごえ》を上《あ》げた。

「光一《こういち》！　ちょっと待《ま》って！」

「なんだよ。早《はや》くしないと、とけるだろ」

「ほら。せっかく初《はじ》めての打《う》ちあげなんだし、いいかんじにまとめてよ」

「いいかんじにって」

「だって、フツーに食《た》べちゃったらしまりがないじゃん。光一《こういち》は、リーダーなんだしさ」

……また、都合《つごう》のいいときだけリーダーを押《お》しつけようとしてないか？

けれど、みんなすみれの言葉《ことば》に同意《どうい》したのか、だれも口《くち》をつけずに光一《こういち》をじっと見《み》つめていた。

しょうがないか。

「じゃあ……事件解決《じけんかいけつ》を祝《しゅく》して。それと、風早《かざはや》の正式加入《せいしきかにゅう》を祝《いわ》って！」

光一《こういち》がアイスを持《も》ちあげると、他《ほか》の四人《にん》もそれにならって、腕《うで》を上《あ》げた。

すみれと健太《けんた》は高々《たかだか》と、クリスと和馬《かずま》は控《ひか》えめに。

「アイスだけど、乾杯《かんぱい》！」

「かんぱーい！」

光一《こういち》の言葉《ことば》を合図《あいず》に、みんながアイスを食《た》べはじめる。光一《こういち》も、一段目《だんめ》のあずきにかぶりついた。

口《くち》の中《なか》に、アイスの冷《つめ》たい感触《かんしょく》と甘《あま》い味《あじ》が広《ひろ》がる。

なんでだろ。いつも食《た》べるものより、おいしい気《き》がする。

すみれとクリスは、さっそくアイスを食《た》べくらべしている。健太《けんた》は、大《おお》きなアイスを飲《の》みこまんばかりの勢《いきお》いで、猛烈《もうれつ》にがっついていた。

一人黙々《ひとりもくもく》とチョコミントのアイスを食《た》べていた和馬《かずま》が、ぽつりと言《い》った。

「……言《い》っておくが、オレはこれからもずっと助《すけ》っ人《と》だからな」

「えーっ！　あんなに大勝負《おおしょうぶ》までしたのに!?」

「どど、どういうことなの!?　和馬《かずま》くん！」

アイスを山《やま》と積《つ》んだ二人《ふたり》が、和馬《かずま》にぐっと迫《せま》る。

和馬《かずま》はわずかに身《み》を引《ひ》くと、様子《ようす》を見《み》ていた光一《こういち》と静《しず》かに目《め》を合《あ》わせた。

「みんなが困《こま》ったときに助《たす》ける〈助《すけ》っ人《と》〉だ。それでいいだろう、光一《こういち》」

……今《いま》。

〈光一《こういち》〉って言《い》ったか？

和馬《かずま》の視線《しせん》は、もうすっかりそれている。けれど、その意図《いと》はもう聞《き》きかえさなくていい。

正式《せいしき》な助《すけ》っ人《と》――正式《せいしき》な、世界一《せかいいち》クラブのメンバーってことだよな。

「十分《じゅうぶん》だ。これからもよろしくな。和馬《かずま》」

「えええっ、光一《こういち》もそれでいいの!?」

健太《けんた》が、今度《こんど》は光一《こういち》に向《む》かって飛《と》びつく。

光一《こういち》は、健太《けんた》の質問《しつもん》には答《こた》えずに、一つ目《め》のあずきを食《た》べ終《お》えて、二つ目《め》のバニラをほおばった。和馬《かずま》も、アイスを黙々《もくもく》と食《た》べつづける。クリスが、くすくすと笑《わら》った。

「なんか、二人《ふたり》だけでわかりあってない？」

すみれは、アイスのかげからじーっと光一《こういち》を見《み》つめる。光一《こういち》は、アイスをほおばりながら、横《よこ》目《め》ですみれを見《み》た。

「……何《なん》だよ」

「べっつに～！　でも、いいんじゃない？」

すみれは笑《わら》いながら元気《げんき》よく立《た》ちあがると、三段目《だんめ》のいちごアイスに、ぱくっとかぶりついた。

作戦終了《さくせんしゅうりょう》

★あとがき

こんにちは。『世界一《せかいいち》クラブ』を書《か》いている、大空《おおぞら》なつきです。

続《つづ》けての人《ひと》も、初《はじ》めての人《ひと》も、この本《ほん》を手《て》に取《と》ってくれて本当《ほんとう》にありがとうございます！

世界一《せかいいち》クラブも、ついに三冊目《さつめ》。これも、いつも楽《たの》しく読《よ》んでくれるみなさんのおかげです。

今回《こんかい》の世界一《せかいいち》クラブは、和馬《かずま》のクラブへの正式加入《せいしきかにゅう》か脱退《だったい》かをかけて、和馬《かずま》のおじいちゃんと大勝負《おおしょうぶ》！

東京駅《とうきょうえき》での攻防《こうぼう》、途中《とちゅう》の大事件《だいじけん》と、ハラハラどきどきしてもらえましたか？

困《こま》っている友達《ともだち》に協力《きょうりょく》するのって、すっごく大変《たいへん》。だけど、その友達《ともだち》を信《しん》じて頼《たよ》るのも、すっごく勇気《ゆうき》がいりますよね。

この事件《じけん》をみんなと乗《の》りこえた和馬《かずま》は、もっと強《つよ》く、優《やさ》しくなるんじゃないかな？

そういえば、物語《ものがたり》の中《なか》に出《で》てきた舞台《ぶたい》を訪問《ほうもん》して楽《たの》しむことを、『聖地巡礼《せいちじゅんれい》』と言《い》うそうです。

今回《こんかい》の舞台《ぶたい》の東京駅《とうきょうえき》。いつか、みなさんも『聖地巡礼《せいちじゅんれい》』してみてくださいね。

で、ここからは、『世界一《せかいいち》クラブに直撃《ちょくげき》☆大質問《だいしつもん》』のコーナー！

このコーナーでは、世界一《せかいいち》クラブメンバーのひみつを、バンバン暴露《ばくろ》していっちゃいます。

前回《ぜんかい》は、光一《こういち》の情報《じょうほう》を暴露《ばくろ》してしまいました（光一《こういち》の好《す》きな食《た》べ物《もの》、覚《おぼ》えてますか？）。

さて今回《こんかい》は、みんなが期待《きたい》している和馬《かずま》の情報《じょうほう》！

和馬《かずま》が苦手《にがて》なのは、姉《あね》の美雪《みゆき》さんっていうのはみんな知《し》ってますよね？　実《じつ》は、和馬《かずま》にはもう一つ大《おお》きな弱点《じゃくてん》があるんです。それは——。

って、なんでか足《あし》に縄《なわ》が巻《ま》きついてる！

「オレの情報《じょうほう》をもらすのはやめてくれ。苦手《にがて》なものがバレると、忍《しの》びの活動《かつどう》に差《さ》しさわる」

和馬《かずま》！　それはそうだけど、これも世界一《せかいいち》クラブの広報活動《こうほうかつどう》の一環《いっかん》だからさ……お願《ねが》い！

「……猫《ねこ》が苦手《にがて》だ。子《こ》どものころ、じいさんに、猫《ねこ》と偽《いつわ》ってトラと戦《たたか》わされたことがある。勝《か》ったけど、まだ忘《わす》れられない」

トラに勝《か》ったの？　あっ、光一《こういち》が聞《き》いちゃいけないこと聞《き》いちゃったみたいな顔《かお》で固《かた》まってる。

「**……光一《こういち》、忘《わす》れろ！**」

あーあ、和馬《かずま》ってば、光一《こういち》を追《お》いかけて走《はし》って行《い》っちゃった……。

ということで、世界一《せかいいち》クラブのメンバーに聞《き》きたいこと、どんどんお待《ま》ちしております。ぜひ、お手紙《てがみ》で質問《しつもん》してくださいね。あとがきやお話《はなし》の中《なか》で、わたしがばっちりお答《こた》えします！

みなさんからのお手紙《てがみ》に、いっつも元気《げんき》と勇気《ゆうき》を２００％くらいもらっています。

本当《ほんとう》に、ありがとうございます。とっても大切《たいせつ》な、わたしの宝物《たからもの》です！


第四巻《だいかん》は、二〇一八年《ねん》九月《がつ》十五日《にち》に発売予定《はつばいよてい》です。

世界一《せかいいち》クラブが、自然教室《しぜんきょうしつ》で恋《こい》と幽霊《ゆうれい》と対決《たいけつ》!?　まさかのあの人《ひと》が大《だい》パニック！

ヒヤヒヤ、ドキドキ満点《まんてん》のお話《はなし》になる予定《よてい》です。みなさん、楽《たの》しみに待《ま》っていてくださいね。


この本《ほん》を手《て》に取《と》ってくれたあなたも、もう世界一《せかいいち》クラブのメンバー。

また、次《つぎ》の事件《じけん》でお会《あ》いしましょう！

二〇一八年《ねん》三月《がつ》　大空《おおぞら》　なつき

＊この作品《さくひん》はフィクションであり、実在《じつざい》の団体《だんたい》、施設等《しせつとう》とは一切関係《いっさいかんけい》ありません。（編集部《へんしゅうぶ》）

大空なつき／作
東京都在住。布団に入ると三回寝返りをする間に眠ってしまう、世界一のねぼすけ。動物では、シャチが大好き。いつもグッズを集めています。『世界一クラブ』にて、第５回角川つばさ文庫小説賞一般部門〈金賞〉受賞。著作に『世界一クラブ　最強の小学生、あつまる！』『世界一クラブ　テレビ取材で大スクープ！』（ともに角川つばさ文庫）。

明菜／絵
イラストレーター。「ミカグラ学園組曲」シリーズ（MF文庫Ｊ）のイラストを担当し、TVアニメ化される。つばさ文庫では、「世界一クラブ」シリーズのイラストを担当。

角川《かどかわ》つばさ文庫《ぶんこ》

世《せ》界《かい》一《いち》クラブ

伝説《でんせつ》の男《おとこ》と大勝負《おおしょうぶ》!?

作《さく》　大空《おおぞら》なつき
絵《え》　明菜《あきな》

2018年５月15日　初版発行
2021年10月20日　16版発行

発行者　青柳昌行
発　行　株式会社KADOKAWA
〒102-8177　東京都千代田区富士見 2-13-3
電話　0570-002-301（ナビダイヤル）
印　刷　株式会社KADOKAWA
製　本　株式会社KADOKAWA
装　丁　ムシカゴグラフィクス

ISBN978-4-04-631786-5　C8293　　N.D.C.913　215p　18cm

読者のみなさまからのお便りをお待ちしています。下のあて先まで送ってね。
いただいたお便りは、編集部から著者へおわたしいたします。
〒102-8177　東京都千代田区富士見 2-13-3　角川つばさ文庫編集部